LOCUS

LOCUS

LOCUS

catch 03

寂寞裡逃

作者：梁望峯
責任編輯：陳郁馨
美術編輯：何萍萍
內頁插圖：梁望峯
發行人：廖立文
出版者：大塊文化出版股份有限公司
台北市116羅斯福路六段142巷20弄2-3號
電話：(02)9357190　傳眞：(02)9356037
信箱：新店郵政16之28號信箱
讀者服務專線：080-006689
郵撥帳號：18955675
帳戶名：大塊文化出版股份有限公司
行政院新聞局局版北市業字第706號

總經銷：北城圖書有限公司
地址：台北縣三重市大智路139號
電話：(02)9818089(代表號)　傳眞：(02)9883028 9813049
排版：天翼電腦股份有限公司
製版：源耕印刷事業有限公司
初版一刷：1997年7月
定價：新台幣120元

Printed in Taiwan

catch

寂寞裡逃

一個人沒什麼不好

梁望峯◎著

年輕的問題

生活心得

以寫作為業

想念的遊戲

自序

一直以來，總覺得自己企圖逃離寂寞，偏偏逃到最後，又重投寂寞的懷抱裡。當初，寫作是爲了驅散寂寞，到了現在，寫作卻將我拖進更寂寞的深淵裡去。我開始明白很多作家爲何自殺而死，他們實在想得太多。想得太多眞是一種不幸。

曾經提醒自己，不要再冒著危險寫太多散文了，那種希望被了解，以及在別人面前已經完全一絲不掛的心虛，有時足以用來取笑自己，誠實得敢讓自己變成一個罪人，和唾棄自己已經不合事宜，且叫自己竟有點羞愧的事情。況且，每當有讀者質疑內容的眞確性時，我總會神經質地大動肝火，似看到別人揭視了我的日記簿後還沾沾自喜奚落我的表情。

也因此，在這一本《寂寞裡逃》中，我加入了很多心事紀錄外的其他好玩環節，例如由我親自執筆的插畫和我無聊時候設計的小遊戲，眞希望大家喜歡我這最新的創意結集吧。

近年來，題材古靈精怪的作品出版得特別多，是出版社的抬舉，讓我有更多機會發表我的創作。甚至乎，在這本《寂寞裡逃》，放膽給我發表的我插畫，令我的自信又增強了不少。雖然我所畫的圖畫都很稚嫩，但那實在充實了我很多個不能入眠的晚上，使我發覺自己除了寫作之外，還有其他事物可以放下一些落寞心情，也希望大家會帶著原諒的心情欣賞吧。

也眞想告訴台灣的讀者朋友，你們的來信已經陸陸續續收到了，讓我知道自己並非孤單上路。現在我最想做的一件事，就是將自己一向不靈光的國語講好，總希望有一天與你們相遇時，我能用國語衷心地對你們說一聲「你好嗎？」或「謝謝！」以外的感謝話。

希望你們看過《叛逆的天空》和《寂寞裡逃》後，可以寫一封信給我，就算如何簡短都好，也讓我能夠知道你們心裡的想法，正如你們已經從書中了解了梁望峯這個人一樣。

我的私人信箱是：香港觀塘郵政信箱 62033 號。

這本《寂寞裡逃》是獻給我父母親的。除此以外，更想獻給一個在我生命中出現過的女孩，尤其在這本書中，有很多篇文章也跟她有關，那屬於我對她的一份思念。如果她眞的能看到此書，我眞想單獨告訴她，雖然爲妳而寫的書已登上排行榜，沒有了妳，我的感情排行榜上依然一片空白。

已經沒有再找她的理由，也不希望她會再留意我的書，這一段話依然不可不說。

因爲，除了感情以外，我發覺自己已沒有甚麼東西可輸掉了。

給孩子說寂寞

梁瑞明（梁望峯爸爸）

孩子把寫的文章結集，書名叫《寂寞裡逃》，孩子用「寂寞」兩字作書名，不止這一本。（在香港出版的）最早的一本《望峯日記》，副標題就是「寂寞十七歲」，這本日記記錄了他十六至十七歲間一段心路歷程。這一段時間是他最感受挫折與憂鬱、孤單的時刻，出版時，他就把書獻給寂寞、遭遇過挫敗和不開心的人。我做父親的，沒有可能感受不到他心靈深處的孤獨與寂寞的悲傷。

後來的望峯對「寂寞」的感受愈來愈深，我看來是反映了這一代年輕人心靈中的孤寂。他總括自己的這種感受爲「寂寞難逃」，而爲此四個字出版了刊物，後來又用作他的一本小說的書名。他在書中的序言提到，在寫作過程中，突然深深感到寂寞。他說：「有那麼一種寂寞的感受，並非一朝一夕的事情，只是這陣子寂寞幾乎壓倒了一切。寂寞令我不能安安靜靜坐著寫半小時，剛坐下來，心裡就開始了不安和恐懼。」他這時感受的「寂寞」與以前的不同，以前的寂寞由於經歷了挫折、失敗和不快樂而來，這時的「寂寞」伴著不安與恐懼，是另一種很深很深，由心底深處冒出無法解釋的寂寞。他有一篇文章說到「寂寞」是會突然來襲，描述得很深刻。實際上，「寂寞感」是會突然的不知由何處出來，瀰天蓋地的掩至令人暈眩。

他把現在要出的這本書叫《寂寞裡逃》，我想，當他說「寂寞裡逃」四個字的時候，是憑著敏銳的感受而對「寂寞」有一番直覺上的意味。望峯給書名起了「寂寞裡逃」四字，覺得有些不合情理，走來問我這四個字通呢，還是不通。他說他只是深深的有此感覺。我告訴他：「寂寞」像與「熱鬧」、「人多」、「歡樂」站在相反相對的位置，而與「孤獨」、「無人」、「空虛」有分不開的血緣。當獨自一人的時候，寂寞之感容易來襲，一個人在斗室裡，在大海之邊，茫茫大地之下或在森林中的小徑上，都易感到寂寞與孤單，這時會渴望有叩門的聲音、有個人影或空谷足音。他會以為進入了人多熱鬧的地方，就可以躲開那空虛與寂寞。

實際上，在很多人集聚、歡笑之時，「寂寞」也會突然到來，甚至大舉淹至，人終會發現，「寂寞」是一張大網，牢牢地把人罩住。熱鬧人多既不能驅除寂寞，孤自一人也未必即陷在寂寞的網之中。有時單獨一人時心境平靜充實，不覺寂寞，但冷不防寂寞之來襲，人多熱鬧時可渾忘一切，但突也倍增寂寞。故我告訴小峯，「寂寞裡逃」四字當是指這種情境了。其實，望峯寫作都選在夜間營業的店。當坐在店中一角，身邊有人來來去去，但各自做著自己的事，大家似相識又不相識，似相干又互不相干。在這種似熱鬧實孤獨，似孤獨實熱鬧之情境中，反而可以做事。這為什麼呢？把自己置在一種弔詭的情境，是否驅除「寂寞」的一種方式？從此處想或會另有一番體悟。

每看到「寂寞」兩字，我心都會有些顫動。就記憶所及，第一次體會到寂寞是在五、六歲的時候。那時住在馬來西亞半島金馬崙高原山麓的一個鄉下村子裡，村屋是一家家遠隔的，我家在馬路邊。那時父親離家在外工作，久久才回家一趟。有一次母親和父親出門，大概是送父親到車站去吧！剩下我和三、四歲的弟弟在家。由父母親出門的一刻，我和弟弟就坐在門口的石級上，等母親回來。好久好久，望著一輛一輛的巴士過去了都沒有停下來，天逐漸暗下來，好像有一種感覺在心中動著，那感覺該就是「寂寞」了。屋邊有雞舍，雞一群一群的，母雞帶著小雞在挖泥土覓食，一陣陣吱吱喳喳的，還有風搖動的枝葉，葉子還發出沙沙聲，都沒有為人驅除心中那種等待盼望焦急中的寂寞。這種感覺，隨著年歲增長反而愈來愈明顯了。

對五、六歲時的事，大多無法記起，記起的也很模糊，唯獨這種寂寞感，以及伴隨著這感覺的周遭情境，卻愈來愈清晰：那母雞用爪挖泥土的動作，那樹葉的搖動與沙沙聲，那一種「靜」，那一種等待，坐在身邊的弟弟那一種呆著的神情。

大約十歲那年，父親有一趟回來，與母親商量了什麼，就舉家搬到了在那時感覺得好遙遠的唦咯島。唦咯島在馬來西亞半島西部西海岸，島上是漁村，居民生活簡樸。島的岸邊伸出好長好長的魚棚，用來停泊漁船，也用來曬魚網、曬魚乾。在魚棚之端觀旭日東升，夕陽沈入大海，迎朝霞滿天，目送晚雲飛碎的一刻，心中會興起豪壯之情。有時遇到天邊一角過路的雲低了，灑一陣小雨，雲雨邊上仍陽光普照，就別有一番恬美。但在島上有時會忽然感到寂寞，心中像什麼東西亂闖，想念那藍天碧海之外自己不認識的世界。海島的美，關不住心中想向外走的衝動，想著遙遠的天邊，會生起一片片寂寞。

今日回頭看那童幼時，那種寂寞的感覺是淡淡的，不濃，不著痕跡，那大概就是「寂寞」的最初的樣態了。後來出現的「寂寞」，是很濃很濃的，糾纏著人的心，一點也不淡。他要來的時候就來，是不速之客，很難拒絕。再後來，也不知什麼時候開始，漸漸地「寂寞」才成爲一個親切的朋友。他仍來造訪，也是突然的，但不會坐得太久，很快會告別。那是當我眞知道怎樣向他說「再見」的時候。

本來是要給孩子的新書寫篇文字，談起了寂寞，竟然爲「寂寞」寫了好多，也該在此停筆了。

寂寞心靈

張玉梅（梁望峯媽媽）

峯兒把他的小品結集出版，要我們兩老給他寫篇文字，放在書前。他的父親就書名《寂寞裡逃》有所感，借題發揮，寫了一篇〈給孩子說寂寞〉。這篇文章把峯兒早些時經歷的寂寞心境都大體說了。現在的峯兒，做事積極，按計劃而行，努力不懈，向前衝刺，也時時興起新的念頭，作新的嘗試。家中各人都各有自己的事各忙著，只在假期有一天半天閒下來，相約在鬧市中找個地方吃頓飯，或在冬天風不太大、溫暖的陽光下坐坐，我們就聽聽他有什麼新計劃要進行，也聽聽他和弟弟談電腦小說的構想，心情也就興奮了。我見到的，是他努力，做不完的事，並不覺得他是寂寞的。

不過，寂寞是無形而不可捉摸的，未必一定在人的神色與語言中顯露。峯兒出意見，主題都是很鮮明的，寫作上也單刀直入，開門見山。我可以透過他的小品，猜想他的思想心境。他的這些小品，幾沒寫山、水、花、木、蟲、魚、鳥、獸，除了他寵愛的貓兒小明之外，他絕無吟風弄月之筆。他筆下出現的題材，社會性的居多，以大城市中之人際關係，在車上、辦公室等地方發生的事象為話題。這與我從前看的散文小品很不同。從前所讀的俞平伯、沈尹默等寫的小品文，都多寫花木的春意，為深秋而感懷，寫法亦不外是託物言情，因事興感，絕少是直抒胸臆，即有思想看法要表達，也多用象徵手法，總之他們認為文章以含蓄為上，要做到言有盡而意無窮。峯兒的小品，則以直抒所見為主，文字也簡單俐落，把描述形容詞的運用減到最少。他說，現代的工商業社會，大人工作忙碌，小孩為學習和遊戲忙碌，沒有耐心去「猜測」別人要講什麼深意，只希望別人一針見血。

峯兒之說，有他之見地，他看到現代工商業社會中人的心靈狀態。一時代有一時代的文字，實際上，文學文藝的創作也不能不適應一社會情景。香港的社會有其特殊情景，此處人的心靈缺少了山林幽壑的情懷，文學也合應有新的適合。峯兒有他自己的敏銳感到的時代特質，他要如此寫，就應如此寫下去，或者每一時代的文學路子就是這樣走出來的。

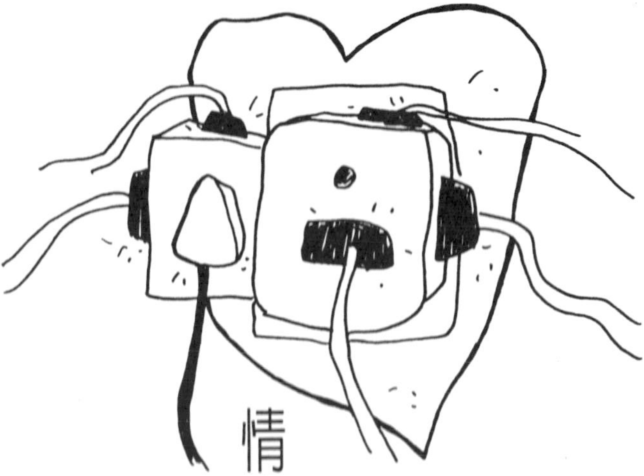

情事幾樁

愚言百出

可惜人長大後總變得健忘，排斥同性戀者和他們持有偏見的人。

聽說大部分人在十二、三歲時都會有同性戀的傾向。

起初我不肯相信，畢竟見過聽過不少十二、三歲就開始談戀愛，有男、女朋友的例子，談同性戀的，卻是少之又少。總覺得同性戀者該是二十歲以上，人生經歷多而對異性失望的人。十二、三歲的少年，似乎連異性是什麼也未搞清楚，何來對他們失望而轉向傾慕同性？

後來才知道，十二、三歲產生同性戀傾向的原因，就正是因爲他們對異性未有認識。朋友有年紀輕的弟弟，一談起班上同學，男的就說女的麻煩，女的就說男的變態，簡直當異性是怪物。由此推想，傾慕的對象自然是與自己志趣相投，又能傾訴心事的同性了。

況且這不過是心理上的過渡期，年紀再大一些，很多人就會區分知己和情人。初聽時感到詫異，不過是自己也犯了周圍的人的一個錯誤，被電視劇電影情節誤導，只看到同性戀肉體上「與別人不同」的要求而產生偏見。

一個人喜歡上一個同性，精神上的傾慕和欣賞也是首要條件。如果不去想情侶兩者的性別，兩個人互相傾慕的原因，還可以有很多。現在的人也太在乎肉體上的配合了，那些十二、三歲的少年，似乎更能注意到感情中精神上的需要。

可惜人長大後總變得健忘，排斥同性戀者和他們持有偏見的人，大有人在。

在報章上就看過，前一陣子國際婦女大會舉行期間，北京的酒店櫃檯都藏有一張白布，因爲當地人以爲女同性戀者喜歡裸體隨處走動，爲保國家形象，準備一見到她們有此行動，便用白布把她們包裹起來。

同性戀＝天體？眞莫名其妙！

挑剔

戀愛總不外乎人情，只要能了解人情，抓住問題的要領，總可以猜測對方的心思。

一位失意的朋友告訴我，他和交往五年的女朋友一直相處良好，最近她的態度卻有明顯轉變，經常對他挑剔，說他這樣不好，那樣不對。他漸漸灰心之餘，已經與她減少見面。刻意不接觸，就是避免磨擦遞增。

我對他說：

「若非她想發掘理由使自己安心離開你，就是想催促你結婚了。」

戀愛總不外乎人情，只要能了解人情，抓住問題的要領，總可以猜測對方的心思。尤其，朋友的這段戀愛，如同大多數人，是由男方發動，女方完成的。也就是說，男方選擇追求的對象在先，女方考慮婚嫁的問題在後。戀愛發展到五年七年，難分難解的階段時，女方對男方有求全責備的心理，恨玻璃不成鑽石，難免不諸事挑剔。

就像做生意，也有所謂「挑剔就是買主」。假如買主根本無心買進，那麼，貨物的好壞與他何干？正由於他有心要購買，才必須挑剔。況且，挑剔得有理，證明人家的確仔細觀察過。而且藉著挑剔，才可殺價。朋友就是不了解這種人情世故，一遇上帶著暗示的挑剔，馬上花容失色，掉頭不顧而去，以致功虧一簣，才是眞正可惜。

遇著挑剔的買主，最好就是加點氣力推銷，或索性平價割讓，畢竟決定付鈔或付出下半生之前，特別叫人忐忑不安，因而反覆思量是否值得。但其實籌碼已經拿到了半途，同時往後的路也大概想定了。如果朋友有意接受或放棄女友，我告訴他，現在該是最好時機了。

聰明女人

因爲她肯在男人需要時伸出援手，在適當的時候悄然引退，在曲終人散的一刻贈送溫柔……

某天在餐廳靠窗的一個座位寫稿，發現窗外熙來攘往的大街上，有個男人開始站在一支路燈前販賣手袋。他沒有擺攤位，只是從他手提的大行李袋中取出貨品兜售，而效果似乎不大理想，任由他如何主動遞出手袋招徠客人，那些大小姐們都直直行過。

然後，一個穿黑衣的女人上前。

她取過男人手上的女裝手袋，慢慢地仔細研究，還不時抬頭問他問題。路經的人被吸引過去了，開始留意男人的貨品。雖然仍有不少人看了兩眼便離開，但當第一個路人付上鈔票後，男人的手袋就慢慢一件一件賣出去。

黑衣的女人卻仍駐足研究著貨品，神情如猶疑不決，男人又再大聲向她講解手袋的好處，本來在一輪搶購後散開了的人群，又有新一批聚集起來。

兩個小時了，黑衣女人還是那樣投入地扮演著詢問小大細節的顧客，拿著手袋左看右看，直至賣剩最一個，她想了想交還給男人，好讓身旁的婆婆迫不及待地塞上鈔票再一手搶過。周圍的人走了後，她幫男人收拾好滿地棄置的透明膠袋，二人手牽手，神情疲倦但愉快地在黃昏的太陽下離開。

我看得出了神，好幾次回過頭埋頭寫了兩行字，又忍不住凝望他倆。我覺得那個女人很偉大，因爲她肯在男人需要時伸出援手，在適當的時候悄然引退，在曲終人散的一刻贈送溫柔……

這並非一件輕易的差事，她付出的心機和時間，與男人是一樣的，最後二人終於能卸下假裝平靜的神情，牽手離開。我看在眼裡，只覺比任何情侶之間的打

在下列標了數字的圖形中，選出一個合適的填入空白方格內。答案在32頁。

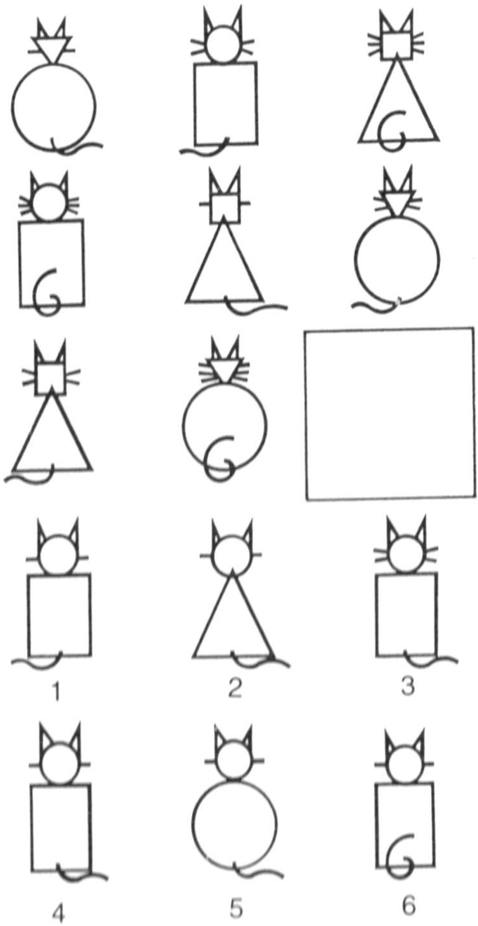

情罵俏更好看。

我看愛情小說

我相信，一本好看的愛情小說是能牽引讀者感情的，甚至能令人哭的。

身邊的朋友不時會向我推介：「某某的愛情小說我最喜歡看。」這句話不難相信，尤其如果是女孩子說的。每次乘地鐵，我都能發現一些不理當時車廂如何擠，也要埋首看著手中愛情小說的女孩子。有一次我更遇上坐在身邊的女乘客忽然抽搐起來，靜靜地用紙巾抹去淚水。坐在她身旁的我自然尷尬非常，怕引起全車廂內乘客的誤會，細看之下，才發現她是因爲看小說而感動得哭了。

如此說來，愛情小說是有一定數目的擁護者，我亦能輕易說出不少愛情小說作家的名字。但他們亦不是得到一面倒的支持，有作家看不起愛情小說不會反映社會趨勢，不能探討問題，甚至認爲寫愛情小說浪費了他們的能力，亦滿足不了他們創作的野心。

我卻認爲，不能一概而論，把愛情小說與膚淺劃上等號。縱使我們把愛情表面化地理解成男女之間的追逐遊戲，而將每一個人對其他東西、其他人的感情和愛情分成兩個類別，愛情本身仍有很多引人入勝之處。一個人在生命中對另一個人產生一種不可分離的慾望和深厚的感情，又因種種環境因素而導致兩人不能順利地走在一起，這樣的故事，是能令人陶醉的。

因爲我相信，每一個人都曾幻想過擁有一段轟轟烈烈的愛情，在現實中卻不易得到，我們寧願犧牲別人也不願自己吃虧，所以永遠嘗不到理想中的偉大愛情，唯有在小說中尋覓。

話雖如此，我對「完美派」的愛情小說抱有一定的反感。那些俊男美女大團圓結局的公式，無疑對不少少男少女提供了一個夢想，但一旦將自己投入「完美派」的愛情中，遇到現實中的愛情時，就會發現現實的愛情有太多毛病，太多不如所願，而使自己墮入無所適從及失望中。

由於不是任何一個人都能擁有名牌跑車，又或不怕感冒而與你雨中擁抱，這些「完美派」的愛情小說，只能對讀者提供一個很表面化的愛情模式和憧憬，我認爲是害人不淺的。

然而，我相信，一本好看的愛情小說是能牽引讀者感情的，甚至能令人哭的，並非要人學到什麼愛情道理。回到現實的愛情，情節就只應由自己編寫了。

甚至，愛情小說中的愛情觀和情節進展，我都不會仿效。因爲，懂得寫愛情小說的人，未必懂得愛情。把小說和現實混在一起，是十分危險的。

29頁答案：選第四個。

暫停交戰

十分鐘暫停，就能省下不少律師費。

認識一個中學老師，她與丈夫結婚三十多年，仍然恩愛和睦相處，較諸現今周遭的男女，簡直是奇蹟。有次她笑談起維持這段婚姻的奧妙，就是她擁有一個凡事皆處之泰然的丈夫。

她說，每次意見不合引發吵架時，她的烈性子就會叫她不自覺地無理取鬧起來，甚至亂擲東西。丈夫見她如此舉動，就會靜坐在一旁，等她發洩。她見丈夫無動於衷，停下手來，丈夫一句「完了？」又會惹起她的怒火，直至她倦了，那份怒氣平息了，二人就能平心靜氣地言和。

真佩服她丈夫，他瞭解到吵架時充耳不聞、不替自己辯護的好處和方法，對方面紅耳赤地指著自己破口大罵時，很多人總忍不住運用更惡毒挖苦的話來攻擊對方，志在挫對方的銳氣。這一下，火上加油，形成了惡性循環，最後一發不可收拾，拾起行李，臨行一句「律師事務所見！」

一時的自尊和意氣作祟，一拍兩散後，只有精神想方設法使對方難以下台，以證明自己的正確，根本不去想其實對方不是自己的敵人，而該是站在與自己同一陣線的親人。

可是吵架時，腦筋轉出的連串打擊對方的妙句，在兩人關係的表面上抹上一層黑油，底層的一切，瞬間都留意不到。唯有一方提出暫停十分鐘，讓黑油淡去，不去急急再抹上幾層，很快就會發覺，其實自己不過在吵架的過程中想偶爾爬過對方的頭，或希望他／她更在乎自己，而從沒有想過要追求吵架下去的結果。

十分鐘暫停，就能省下不少律師費。

暗戀事件

三五年沒聯絡，老朋友還可以對女孩說些什麼？

每次與老朋友聚會，在臨別前，他總會帶我去一個地方，那是他暗戀了整整五年的女孩住宅樓下。我倆凌晨四時佇立在那裡，大概會停留半小時，抽上幾根香菸，老朋友會說說自己與女孩相處時的大小事情給我知道，到了最後，他總會問我：

「我是否該向她表白呢？」

我以前會鼓勵他嘗試：第一次多找幾個舊同學，就當來一次敍舊也好，然後慢慢熱身起來，與她進行單獨約會，表白不表白，到時候視乎情況而定。但他總理怨約不到人，拖拖拉拉，最後作罷。幾年下來，他再問我同一個問題，我終於知道他要的再不是我的回答，只不過想找個人吐吐悶氣而已，其實他早就下了決定，無人可以左右他。

勇氣眞是會隨著時間而減弱的。三五年沒聯絡，老朋友還可以對女孩說些什麼？那如同面對一個完全陌生的人一樣。最大問題是，她的近況變得怎樣，他根本一無所知。她是否有親密男朋友，甚至結了婚？搬遷了，或過世了呢？比以前擁有更令人卻步的美麗，抑或（身材）已由可樂瓶變爲一個大水桶？要知道一個故人的近況，除了要編出足夠找回對方的藉口外，還要付出一定代價。而最大的代價，莫過於將多年來對對方的日牽夜想，在再遇之後馬上化爲灰燼。

因此，每當聽到老朋友說：「我是否該向她表白呢……」我不再說任何的話，只從菸包裡抽一枝香菸給他，他需要的只是這些。

只管讓他繼續暗戀，他以後追求的必會是另一個女子。

戀愛銀行
存摺

戀愛戶口

所以，當前度情人在男人心裡的户口被取消了，替身亦再沒有需要存在。

不少人於失戀後，會急急找一個跟前度情人氣質外貌相似的人談戀愛，填補空虛的心理顯而易見——是因爲對離開了的人餘情未了，所以找一個替身、一個影子，來延續自己對情人的感覺。

認識一個有上述經歷的人，他於失戀後那段時間並不嚴重悲傷，因他找到了一個很好的替身，來暫代情人的位置。那女孩比他原來的情人待他更好，無微不至，也不介意他心裡仍惦念著以前的她。旁人看來，他是終於找對了對象。

然而，兩人不久還是分手了。

聽說，是由於他已擺脫往日那段感情的陰影，那替身情人成功地幫助他放下對舊日情人的思念，然後他就連那個深愛他，又甘心委屈做替身的女孩也拋棄了。

我不鄙視這男人，他是情有可原的。女孩無論多好，也不過是附屬於前度情人的一個影子，就像信用卡的主卡取消後，附卡同時失去效用。所以，當前度情人在男人心裡的戶口被取消了，替身亦再沒有需要存在。

遺憾的只是女孩沒有把握機會，在男人生命中開啓新的個人戶口，她一切的努力都被轉賬於別人的過去中。她做了一件感動男人的事情，就只會叫男人回憶往日同樣的情境。沒錯，他眞的被感動了，但感動不過是短暫的情緒衝擊，女孩沒有令他產生新的感情。

當舊情的創傷終於過去了，作替身的情人成了一個瘡疤，也不會被留戀。在喜歡的人心目中開啓一個獨立的戀愛戶口，才可以使情人對自己難捨難棄。

回頭

兩人擦肩而過後，他很希望能眞眞正正地再見女孩一面。

老朋友告訴我，他有日在街口迎面碰見自己舊時喜歡的女孩，女孩身邊有了一個男孩。我的朋友乍見舊人，一時未有反應，只是在她旁邊側身而過，但他感覺到，女孩的眼睛一直跟著他，想叫住他的，而他卻不斷斜臉避開，直至兩人擦肩而過，比一對陌路人更陌生。

朋友感到悲哀。女孩的身邊有了伴侶，那是遲早發生的事，悲哀在於，他自覺絕對比那人優勝一千倍，無論在樣貌上、錢財上，甚至穿衣服的品味上。他甘願輸給她，但不甘心輸給一個比自己差勁的男人手上。

朋友向我訴苦了半個晚上，終於他問我：你說，如果當時我眞眞正正去追求她，現在的結果，在她身邊的，又會否是自己呢？

我想了個比喻：在一場馬拉松比賽中，若領先的選手拋下其他參賽者一段不短的距離，跑在第二位置的選手要追上，是要花很大氣力的。由於二人同樣沒有一位跑在前面的選手擋著氣流，跑第二的卻又要比領先的用上加倍氣力才能超前。愛情亦一樣，牽著女孩的人在感情上已佔優勢，有一份時間基礎，別人要從後趕上畢竟是十分困難的。我對朋友說，跑第二的，怎麼說都是輸了，因爲愛情沒有分冠亞季軍，贏了就是贏了。

朋友則說，結果不是決定在比賽中途，是決定在衝線的一刻。我十分同意，但沒有再向他說，有經濟、外型好的條件，不錯是有利因素，他以前所認識的女孩卻有可能未曾將那些條件當作交男友的準則，到了現在，現實可能教會她欣賞這些外在的條件。然而，當現實的她不敢在男友面前叫住他，朋友又如何肯定她會放棄手中穩操的勝券呢？

朋友又說，兩人擦肩而過後，他很希望能眞眞正正地再見女孩一面。終於他也轉身跟她身後走了一段路，直到他驚覺，要在那條筆直的人行路上再看到她的臉，她也必須先回頭再見到他，朋友就會變成一個不折不扣的失敗者。失敗在於他剛裝作不認識地離開她視線範圍，卻又被她發現自己不捨地跟踪她。在不驚動女孩之前，朋友終於沒有跟下去，讓她以爲認錯人好了。亦因此，他沒有好好地看她一眼，可是，誰人知，再會何時？

好結果

要令自己和情人的關係穩定下來，就必須深切地讓她感受到我佔有中的付出。

朋友問我，如果我喜歡一個人，我會怎樣？

我回答他，若我喜歡了一個人，我希望她能夠完完全全屬於自己，雙方關係不帶任何危險性，不會有別的人看上她，她也看不上其他人。

我反問朋友，我是否有點自私？朋友只笑不語。

也許，這眞的叫自私。

可是，自私的出發點，都是爲了個好結果。誰又不想有好結果呢？除非覺得自己一點也配不上喜歡的人，不能爲她帶來快樂，離開她會比將她留在身邊活得更好，才會給她製造大量機會，讓她有時間尋找別人的好處，再培養感情，繼而起了離去之心。

否則，自己除了贏得個開通的美譽外，幾乎什麼也得不到的。

但是，自私也有限度。把對方束縛得太緊，大概也會物極必反。於是我又學乖了，在她提出要和別的朋友外出時，我要表現出最寬容的態度。就算自己可能會悶悶一人，讓她感受一下也好。她愈感到我好，就愈難看上別人，因爲質素好的人多不勝數，了解和信任自己的人卻不易找到。要令自己和情人的關係穩定下來，就必須深切地讓她感受到我佔有中的付出。最怕無風起浪，愈猜疑她，她愈要呼吸外面的清新空氣。

撇開自私不自私的問題，隨便讓情人離開，或一次一次不讓情人離開，本身已經是壞情人，怎可期望有好對手？

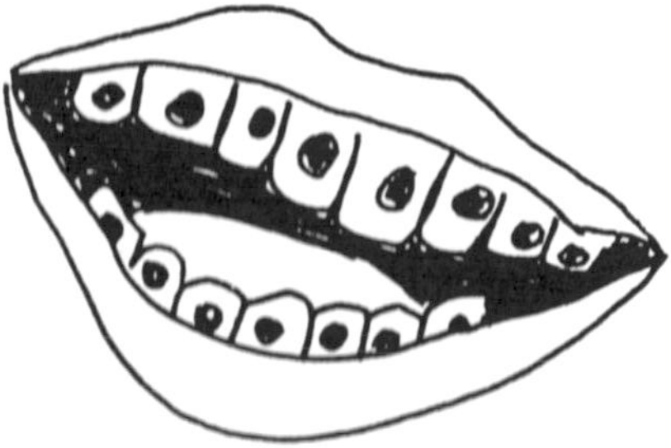

話題與意見

批評能力

批評其實不難，難在批評的態度。

我批評別人，也敢接受批評。人既有是非之心、好惡之情，或捧或罵，只要從容中道，皆可以做。

批評其實不難，難在批評的態度。老實點說，當我們對某人某事有所批評時，想讚美的，心中必先有一喜；想罵出來的，心裡定先有怒；既然已先有了主觀，欲使自己批評的態度正常，恐怕不容易做到。而且，批評別人，說穿了，不平而鳴事小，揭人之短，露己之長才是事大。所以，要做得有分有寸，中間的平衡點在於：怎樣揭人瘡疤而不損其自尊，顯己之長而非賣弄才學。認淸這種態度，要比培養本身的批評能力還要困難得多。

真正服衆的批評，是把批評的對象當作朋友，諍友而進諍言，動機是善意的，那才是了不起。說來好像很難做到，但如果把批評對方看作殺父仇人，評語只會一面倒的極端，更會無緣無故擴大批評範圍，本來只該評價其行事方式的，最後連其小學五年級遲到被記錄的缺點也成爲炮轟內容之一，盡顯自己腦筋龐雜、心胸狹隘的缺點。

質素奇劣的批評就是作出人身攻擊。但我們總受著喜怒支配，情緒高漲的時候，有時會爲了洩一時之憤、或逞一時之快而口出狂言。後果肯定令自己失望，批評者將惹起更多批評——不僅被批評者反擊而已，還有人代抱不平，臨時加入戰團。被批評者反而贏得多同情，批評人家不遂者，卻墮進自己設下的陷阱，才是眞正笑話。

眼淚回收

當一個人獨自經營自己一廂情願的想法，身體馬上會產生大量的抗體，推翻著一切壓抑著的理智。

有一次，我和一個口才不錯的女孩討論著一個問題，當雙方爭執至面紅耳熱的時候，她對我說：「隨便你如何爭辯，我說的是事實！」

「事實也要有證據吧？」

「那是一種感覺，感覺是不用證明的。」

「妳錯了。」我反駁女孩：「每一種心理都要有實驗證明才能成立。感覺是不能空口說白話的。」

「科學不能解釋一切。」女孩說：「感覺就像洋蔥，你把它一層一層剝開，想找尋裡面的眞相、它的科學解釋，最後你就會發覺，其實裡面什麼都沒有，因爲它根本就是全部，你卻無端在剝開洋葱的過程中賠上很多眼淚。」

一說到感覺這回事，有時眞的無話可說。當一個人獨自經營自己一廂情願的想法，身體馬上會產生大量的抗體，推翻一切壓抑著的理智。曾經有另一個女孩，相當激動地告訴我，有一部電影讓她多麼多麼地感動，甚至嚴格規定她的一群男朋友，看過沒哭的人就與她不相配了。雖然女孩的形容使人目瞪口呆，但我反而能夠感受她對戲中悲哀的結局情有獨鍾，非要用眼淚來說服自己，已完全臣服在落幕後驅散不去的傷感氣氛中。

我與她擁有同一種感覺，再談起戲中的情節，又有想哭的衝動了。

說回女孩其中一個男朋友，他和另一個附和他的人，認眞地分析各種理由來推翻所有說看了那部電影會哭的人的說法。據說他們已整理著電話簿一般厚的資料，仔細分析所有激動的情緒皆眞的沒有可以爲之動心的必要。他們可能是對的，但爲那部戲哭過的人不會收回眼淚，那倒又是眞的。

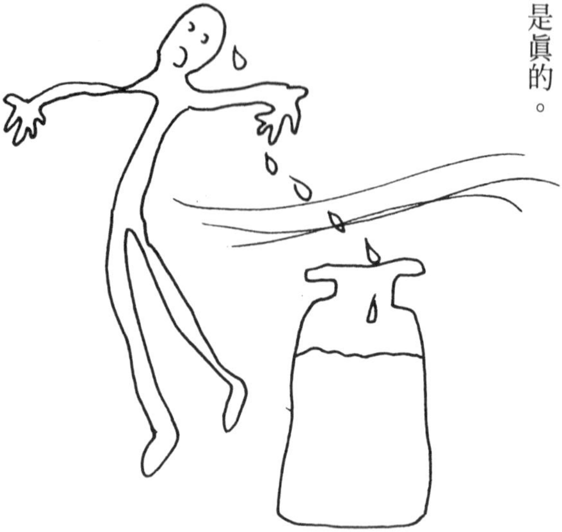

謊話

但他過不了的是自己那一關，所以註定了一生活在謊話中。

我有一個小學同學，很喜歡說謊。

在同學群中，他很多時候會在言語間「無意」顯露出自己是富家子弟，家住跑馬地，有自己的套房，而且臥室的面積大過一間教室。

他會在錢包、原子筆等小節地方，使用名牌物品，以增加自己是有錢人家的說服力。

我們的同學，對他所說的話並沒有懷疑，而且也根本沒想過要懷疑。因爲他有錢與否，與我們的關係不大，無人有意圖在他身上佔便宜，反而覺得他是優秀分子，彼此來往便較少了。一切都是由他講出，我們聽完就算了。

然後，有學生發現他是居住在炮台山舊唐樓的，他每日放學，都乘坐往跑馬地的巴士離開，也不過是在中途下車罷了。

小學畢業以後，他告訴我們，他會到加拿大升學，然後，數年間就音訊全無了。

偶然有同學在香港的街道撞見他，他會說自己正是回港度假。卻有人意外地發現，他在赤柱的聖士提反中學做了幾年的寄宿生，一直深居簡出，避開舊人耳目，來圓他對大家的謊言。

這樣辛苦自己去騙人，到底是爲了什麼？

我想，他是有自卑成分在內的，雖然根本就不會有人因爲他不是富家子弟，又或者沒有錢留學加拿大而取笑他，但他過不了的是自己那一關，所以注定了一生活在謊話中。

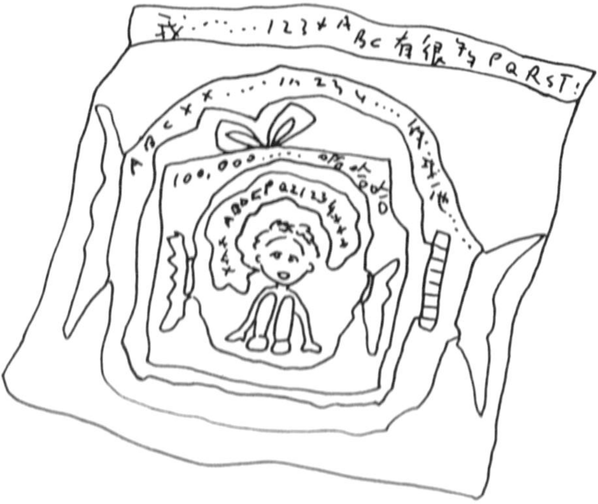
我……123×ABC有很多PQRST!
100,000……

知錯無用

做錯了，就要有心理準備不被原諒忘記。

如果不想在臉上留下疤痕，就不要讓疤痕有機會出現，不要留有漏洞給尖矢乘虛而入刺傷臉龐。同樣地，如果不想讓生命留下瑕疵，就不要讓錯誤發生，因爲錯了的事情，無論怎樣改過，也是錯了，像磨不掉的疤痕，每分每秒提醒你，你錯了。而錯誤，無論如何掩飾，都會像影子跟著你一生一世，毫無預備的時間。如你有朝一日成了名人，或活得毫無阻礙的時候，自然會有人代你發掘出來，將你拖進無底的陷阱。

明明是理想的前景，可能會因爲過去自以爲微不足道的錯誤而破壞。好好的關係，會變成欲斷難斷的局面。

因爲，所有人都說，知錯能改，改了就可以重新開始，錯誤會逝去，每天都是新的開始。這句話害人不淺。

事實並非這樣如意。有很多時候想回頭，卻無法走回過去，因爲發生了就是發生了。而當每一個人，特別是當你自己，太清楚錯誤出在什麼地方，每次把目光投向身上，就很自然地先放在曾犯錯的地方，往不完美的地方挑剔。

自怨自艾，向所有人辯駁均無用，因爲都是沒有論點的掩飾廢話。不要相信錯誤能抹去。你所做的十件好事，可以因爲一個錯誤而淹沒掉；一個錯誤，卻不止十件百件好事能蓋住、能從別人的視線中逃離。

做錯了，就要有心理準備不被原諒忘記，「知錯能改，善莫大焉」和「不如重新開始」這兩句話，出自別人的口才有效。自圓其說，說完等於沒說而已。

在下列標了數字的六個圖形中，選出一個合適的完成第一橫行。
答案在62頁。

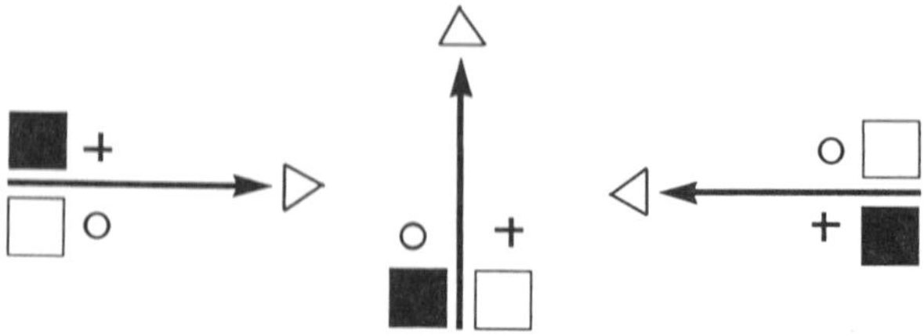

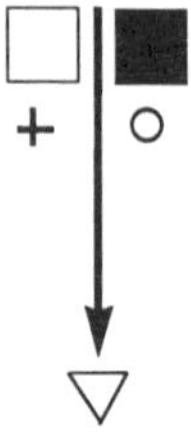

1

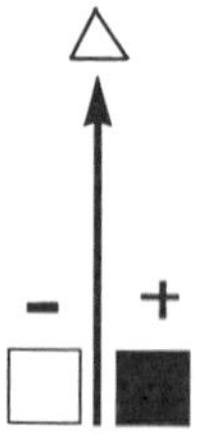

2

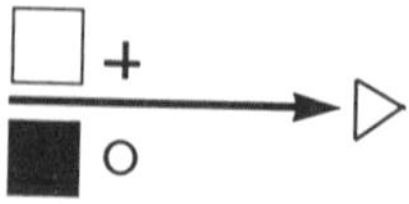

3

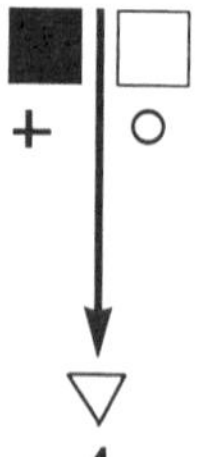

4

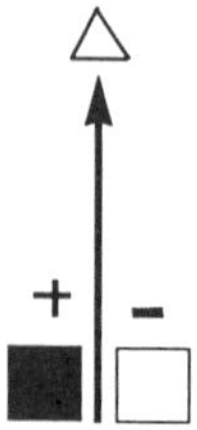

5

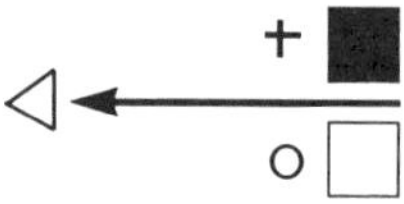

6

最忌

把自己看得太重，反被人當衆奚落，便會自討沒趣。

做人最忌的是什麼？

是把自己說得太高。

高傲，不是不可以，你心目中的自己可以是個不可多得的天才，但嘴裡一定要將自己說成平庸不已的普通人。別人看進眼內，覺得你不只自己所形容的普通，但會認爲你很平易近人，不造作吹捧自己，印象分數即時大增。

某人有個博士名銜，任何人致電給他，他接下電話便招呼：「我便是梁博士。」生怕有漏網之魚，未知曉他的學歷不同凡響。別人聽見了，當然不會當面批評，一轉背便馬上不屑地說：「這人太自以爲是了，全世界只有他一人有博士名銜嗎？」說話者多數沒有博士名銜，因此更感憤憤不平了。

相反地，不必努力宣傳，有實力的話，他人自然會發現他是堂堂一位博士，就會讚歎：「他來頭可真不小啊！」把自己講得差勁點、低微些，包圍著你的人便會覺得你謙遜，自動自覺把你抬高。否則，將自己的成就坦白，或言過其實，把自己看得太重，反被人當衆奚落，便會自討沒趣。

當你有所成就，氣焰是可以有的，見解亦可以尖銳過人，可是同時必須避免過分宣傳自己的勝人一籌，無論如何也不忘加句「我的成就是靠天時地利人和，多謝爸媽生育培養」。這樣，聽的人會聽得舒服，自己在表現自己時也不會變成衆矢之的，因爲世界上容易眼紅的人太多。聽過一句話嗎：在死去之前，不要希冀得到沒有嫉妒的讚頌。

做人不必面面俱圓，但至少，該把會刺傷別人或刺傷自己的利角稍稍磨平。

共存

在爭取快樂的過程中，必須付出代價，而代價是令人痛苦的。

看過一本小說，清楚記得小說人物說過一句話：我需要多姿多采的生活，並非平淡無味或痛苦的生存！

我想，這句話也是很多人的心聲吧？總覺得自己生存並不是只想活下去，而是想得到生活中的歡樂，否則就是生不如死；平淡無味或痛苦的生活，就是苟且偷生，沒有價值。

可是，我始終懷疑，生活的目的，是否只在於追求快樂？

快樂的來源多被定於愛情、事業、地位及金錢。這些並非與生俱來的產物，所以能夠擁有每個人冀望而不是每個人都擁有的東西，會帶給自己優越感及勝人一籌的享受。

也正因如此，在爭取快樂的過程中，必須付出代價，而代價是令人痛苦的。過分奢求快樂的人，只能等候不勞而穫，也多數不懂得感受快樂，因為他們缺乏了痛苦與快樂的比較。就像大多數人不懂珍惜親情一樣，由於親人是每人生來就擁有的關聯，沒有爭取的過程，人就只能感受到把持一件事西的安穩感，沒有震撼性的快樂。

如果說：不只想得到生活中的歡樂，而是想活下去，也許更能享受到幸福，更能享受到生活。

把一件事物定爲目的，在得到後就會喪失發掘下去的鬥志。相信生活中歡樂和痛苦的共同存在，比強求只擁有快樂幸福，應該更爲充實。

58頁答案：第一個。

最大成就

世界上本無眞正的成功者，只不過有太多人認輸罷了。

有很多人一生中最大的成就，是嫉妒人家的成就。不思進取、酸氣沖天、以揭人隱私陰毒爲渾身最大本錢。除此以外，有這個人和沒有這個人，對世界再無影響。

事關認識一位在雜誌社渾渾噩噩的人，一見到我回去探班，開口便說：「峯哥你就好啦！撈那麼多好處，賺那麼多錢！大哥你要多多關照我們這些小人物！」次次撞見他都會講同一番話，最可憐的，是他已經不是十五、六歲，而是接近三十歲的男人了。

他跟我說的，並非一般客套話，完全是一個爲了生活失去尊嚴的人才會講的酸話，似乎覺得全世界都欠了他。

對於這些自認「小人物」，稱呼我作「大哥」的人，我不敢當，但至於關照，則可免則免了。最好是永無來往，樂得耳根清靜。多應對一分鐘，也不過多受苦一分鐘。

時間確乎會消磨意志。

對於一個做了三十年人還是覺得自己委屈求存的人，已失去反省不得志原因何在的勇氣，只可能繼續潑婦罵街式的自認卑微，自己都看不起自己，更加助長別人氣燄。

世界上本來無眞正的成功者，只不過有太多人認輸罷了。

於是，種瓜得瓜，種苦瓜得苦瓜。

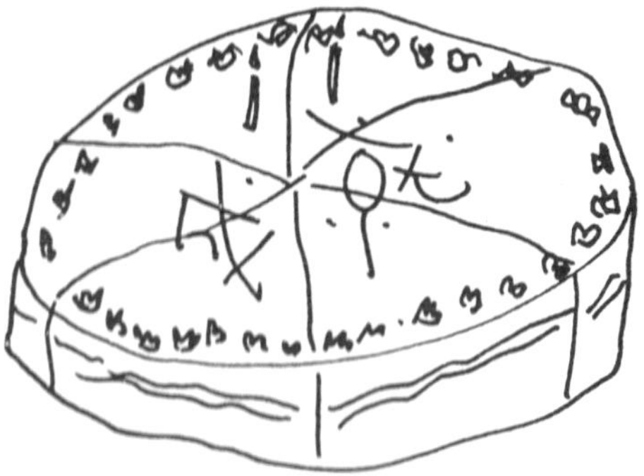

價値

對一些討厭的人處之泰然，卻並非原諒了他，而是他在你心目中已再無價值。

如果有人對你不仁不義，而你因此很憎恨他，實在是便宜了他。憎恨和愛一樣，要用上深厚的感情，也會折騰得人很痛苦。因爲一個討厭的人而心緒不寧，每次見面都心頭絞痛，分分秒秒想著復仇計劃，反而會讓那討厭的人再進一步侵擾自己。

爲了減輕自己的困苦，而立誓要將那人或事完全忘記，更是不可能的。反正我們以爲逃到了很遠，其實還是在原地轉圈，一旦碰上和回憶有些微牽連的事物，就會喚起未埋好的記憶。在努力要忘掉打算忘記的事情同時，就是把事情在心裡重覆又重覆。心理學說重覆能增強自己對該事的記憶，「用心」地去忘記一些討厭的人，實在弄巧反拙。

時間和自己對該人或事的著重程度，才是淡忘的因素。憎恨一個人倒是想起該人或事的一個方法而已，所以不要因爲情人說很討厭你舊日的情敵而高興，情人是因爲偶爾想起他，而不知如何處理那份感覺罷了。

若果能對往日的那段記憶再無感覺，對某人的死或活、貧或富毫不關心，才是把那人徹底地處置了。因爲要幹掉一個人是麻煩而費錢的，又不能包保不留痕跡，唯有把他在自己的腦中處決了，才乾淨。以後他在你面前洋洋自得，冷嘲熱諷也會當之透明。

對某些人來說，不去憎恨別人，生活會很苦悶。總有人是整天沒事做，心癢癢地找人罵、找人來陷害的。對一些討厭的人處之泰然，卻並非原諒了他，而是他在你心目中已再無價值，想亦多餘罷了，這比潑婦罵街的憎恨好看得多。

底牌

我並非在推銷自己，我不過要將事實說出，再接受你們明智的選擇。

每次立法局選舉，都會爲電視觀衆帶來不少娛樂，議員候選人的舉止言論，比任何一個電視藝人的演技更好看。

平時形容政客都用「笑裡藏刀」，觀看每天的議員候選人辯論就痛快得多了，每人都坦蕩蕩地拿出明槍實彈，毫不保留地作人身攻擊、捉別人弱點，交戰間刀光「霍霍」地在眼前閃著，毫不吝嗇招數。

目的是踩低別人，抬高自己，對方請了外籍司機、太太有外國護照、曾於立法局會議打瞌睡，一切一切盡被挖出攻擊。然而光發箭是不夠的，要一矢中的還要掌握說服人的說話技巧。這些伎倆，候選人就要向推銷員學習一下了。

推銷員首先要認識自己的產品並有信心，外觀打扮要迎合對象。最重要的是能使觀衆有投入感，一些「機密」資料和「內部」消息能令人產生興趣，但切記要裝出說漏了眞話的表情，才叫人相信，自己知道了很少人知道的內幕！

另外，就要說一些違反自己利益的話。

想要別人拿出花綠綠鈔票買你的東西，就要說成「我不想逼你買，你買不買無所謂，但以朋友的角度來看，我覺得你需要它」。

普通人聽到，立刻如獲知己。這個世界上仍然有人不是只爲口袋裡的錢而關心他人！頃刻親切感大增。

推銷員的底牌是要你的錢，有誰不知？正如參選議員的動機在別人眼中也是爲名爲利，只是，好的包裝能美化現實。

學懂了推銷員伎倆的力量，開場白可以是「我並非在推銷自己，我不過要將事實說出，再接受你們明智的選擇。」

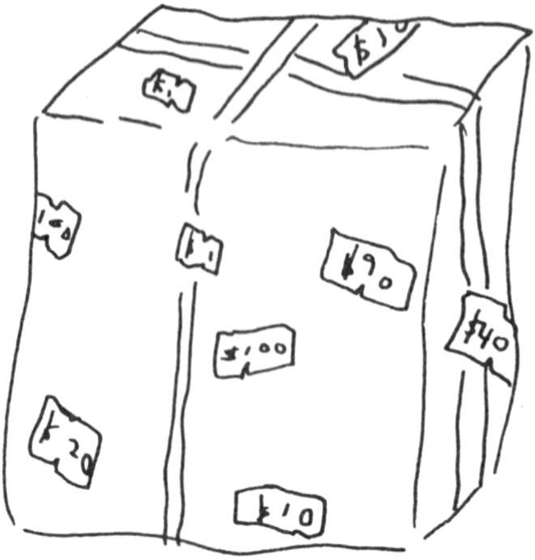

$90
$40
$100
$20
$10

避之大吉

我寧願選擇不出場，不願意費神去看他們表演一場鬧戲。

一大群人聚在一起的時候，總有一些人特別熱衷發言，三句不到便是陳述自己的所見所聞，說每一句話都是由「我」開始的，話題總離不開自己。這些人，就是一群人中的主角。

他們從不吝嗇表現自己的機會，而且絕不會甘心錯失時機，被別人奪去其他人的注意力，誓把話題搶回自己手上。

與這些人共膳，有時是件苦差事。爲了不想令他們滔滔不絕地發表偉論，只有把他們的話照單全收，不發表反對的聲音。可是又不能一聲不響，否則主角們又不高興，忍不住訓示一頓了。

唯有不斷附和說好。與他們硬碰，他們就更強硬，處處針鋒相對，誓要勝過別人為止，令氣氛充滿了火藥味，最後總是不歡而散。

所以在這些主角群中，我寧願選擇不出場，不願意費神去看他們表演一場鬧劇，把自己說成英雄。有時不淪為小丑，就是不甘心被人冷落。

這些人看到的只是自己一個人的世界，別的人都是受他支配的觀衆，可是太自我中心，根本不留戲份給配角演的獨食主角，觀衆並不欣賞，亦會考慮趁早離場。

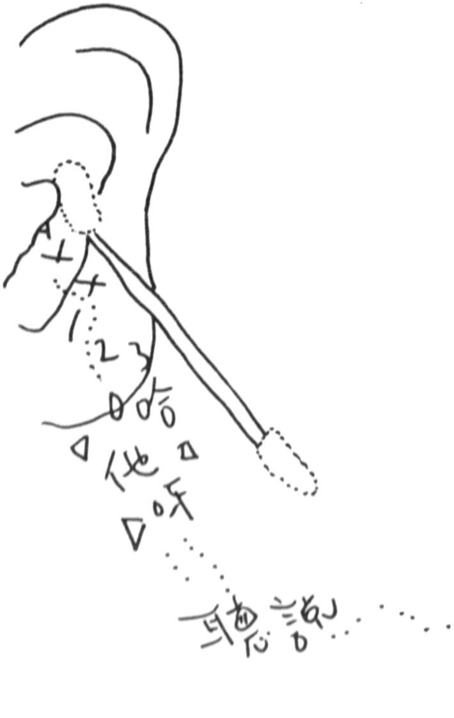
哈
他
吁
聽說……

分工合作

個人的工作態度和對成功的重視程度，則是生死關鍵。

對於可以獨力完成的工作，最好不與人分工合作。並不是合作不來的，到時候，工作總能及時完成，只不過，合作過程中的艱鉅，眞會叫人吃不消，大家口中雖然客客氣氣，心裡卻總不免醞釀著很多怨言。

遇過的工作伙伴，也不是難於相處的人，但可能是我要求過高了，別人想法不同，彼此便配合不了。令人氣結的是，他們每每有很多苦衷、另外的工作，隨時向你苦訴接下來一整季的緊密工作程序，叫你不好意思要求他們，爲我們的合作事宜做好一些份內工作。結果如何？還不是將很多額外工作揹上身。所謂的分工合作，根本就是你推我讓。工作失敗時，彼此推卸責任；一旦稍有成績，參與最少的那人，總是第一個走出來領功；每次如是，絕無例外。

可是，說他們不是難相處的人，是因爲他們永遠是工作過程中第一個興致勃勃提出午餐好去處，又心不在焉想著最昂貴菜單的人。而事實上，這類人的朋友緣總不會差，工作亦接踵而來。這些酒肉朋友，我絕不介意認識，和他們一起肯定有機會飽嘗佳餚美酒，至於合作做事呢，就可免則免了。

誠然，其他人的工作態度，我不該干涉，那畢竟是別人的選擇和取向。可惜，當工作屬於合作性質，個人的工作態度和對成功的重視程度，則是生死關鍵，因爲個人的表現會影響到整體。每每我不忍心見到自己的努力和名譽因別人的滿不在乎而付諸流水，只好一次又一次充當別人的代工，或忍無可忍地督促別人合作。前者會令自己精神衰弱，後者又會損害人際關係。你教我，應該怎麼辦？

把辭職掛在口邊

在工作崗位上起起伏伏又永遠不敢離開的，正是經常嚷著「我要辭職」的那種人。

在公司的辦公室裡，有一種話是絕對不宜說的。

由於一時衝動脫口而出，往往會令人感到非常後悔，一旦講出口，就無法收回了，那種話就是：我想辭職！

任何人即使在優良的環境中工作，也會有偶然的挫折失敗感，覺得不滿或無聊，可是也不能擺出一副令人一看就知道你是在發怨言的樣子。

更大的毛病，就是一碰上在工作上有難題，就會對同事說：「我想辭職了」或「做得很辛苦，薪水又低，我辭職算了」之類的晦氣話。就算是無風無浪的日子，在大家閒談時，也會聽到那段話：「公司離家太遠了，上下班都要在車程上消磨不少時間，所以我想不做了！」或「工作太忙了，幾乎沒有私人時間，我眞想離開。」他們覺得自己在向人吐苦水，卻不知道會給人一個非常差勁的印象。

假如這份工作確實不適合他們的興趣，或是他們想改變自己的生活形態，說這種話還情有可原。最慘的是，他們只不過是一陣氣上心頭，衝口而出，而最後又賴著不走，那就眞的難爲情了，但這種人又比比皆是。

據我觀察所得，在工作崗位上起起伏伏又永遠不敢離開的，正是經常嚷著「我要辭職」的那種人。

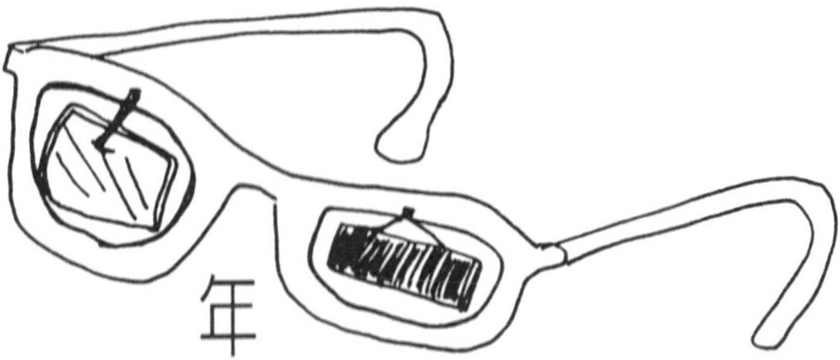

年輕的問題

搖頭法例

站在高處的人想鞏固普通人的價值觀，又懷疑他們的自制能力，便愈加愈多法例。

到漫畫店選購漫畫，見到差不多每本漫畫書都被圍上一道紙封條，警告商人不得售予十八歲以下人士。一下子漫畫封面的設計也被蒙住了，而我又沒有特別的書在追看著，買書的意願更加趨減。

準備離開時，兩個約十二歲的男孩走進店內，拿起一本熱門的少年漫畫周刊，未及付錢，店員已揚聲告知，未滿十八歲的人都不可以買來看。男孩無可奈何放下漫畫，他的同伴不在乎地說：「我們到報攤買，要不然我叫哥哥買給我。」二人悻悻然空手離開。

我好奇起來，駐足觀看，見另一個頗高大的高中生進店內取了一本很受歡迎的《男人當入樽》到櫃台付錢。店員瞄他一眼，要求他出示身分證，男學生詫異道：「這本也禁？那我還有什麼漫畫可以看？」店員仍態度堅決。

我亦感奇怪，漫畫主要的讀者層便是年輕人，電視裡亦有播映很多被列爲十八歲以下人士不宜的漫畫改編卡通片。這種局部的資訊封鎖的原意，是想阻止年輕人接觸到「不良」的訊息，因爲「大人」都在搖頭，說現在社會風氣太差，但究竟這些法例的作用有多大？

電影被分爲三級制，色情暴力的片種反而變本加厲，所持的心態是「擺明」要拍一套三級片，風氣豈不「每況愈下」？年輕人還照樣可以接觸到它的宣傳功勢。漫畫步上電影的後塵，相信現在正搖著頭的人將來會搖得更起勁。

其實回頭想想，本來法例很少，站在高處的人想鞏固普通人的價值觀，又懷疑他們的自制能力，便愈加愈多法例，現在一套法律大全有數十本大字典的份量，但社會風氣有否比以前更好？

一直傳承下來的價值觀，在法例的「庇護」下變得微不足道，也許列下那道限制漫畫書購買者年齡的人認爲，價值觀被轉爲白紙黑字的法例會更有效，但他們記得自己當初是如何沒有「學壞」嗎？

老師與學生的溝通

讓學生有所反應，是一門比教書更爲重要的學問。

教書和寫文章的人，都希望能與學生或讀者取得溝通。最怕講人自講，毫無反應，無人理睬，愈覺意冷心灰。有讚亦有評，起碼是一種意見反應，證明受到他人在意。

爲人師表者，如果踏進課室，學生個個木無表情，只有垂下頭聽書的分兒，老師與學生隔了一道無形的牆壁。維持這種刻板的教學方法，多教幾年，對教學也變得麻木了，心如止水。學生則如傀儡，拉一拉才動一動，永遠與教師保持冷漠，實屬可悲。

記得有學生親口對我說：「不如請老師買個錄音機，將書本的授課內容錄下，

弄巧反拙

舊的那一套訓導方法，只會突出了頑劣學生的革命感和英雄滄桑感。

據報章報導，現在的中學訓導主任對付不愛讀書、經常在課室中惡作劇的學生，使用了新的一套。

當老師發現了頑劣學生的惡作劇，由於事態往往可能很嚴重，所以交給訓導主任處理。訓導主任不會像過去般光怒叱：「你又犯老毛病了吧！」接著記上一兩個小過了事。他會平心靜氣對學生說：「雖然惡作劇本身並不好，但是你惡作劇的方法總算別出心裁，與衆不同；你不是模仿別人，而是獨創。假如你可以將這種聰慧的腦筋用在功課、或喜歡的科目上，那有多好！」從那一天起，頑劣學生便逐漸改變了，由只愛惡作劇的劣等生，出奇地聽到了師長的一度「誇讚」而自覺起來，在學業上或個別科目上也因此日有所進了。

這種激發自尊心的訓飭之言，實際上是早有根據的，心理學上也有所謂「部分刺激」和「全體刺激」的理論。例如評價某一商品吧，就其「堅固耐用、美觀大方、價格低廉」的品評當中只選一個主題，譬如只強調「堅固耐用」，往往令聽者以爲那就代表了三者。即是說，聽者會把「部分刺激」擴展成「全體刺激」。

現代的訓導主任是否深諳學生心理傾向，才作出這樣的訓導呢？但他的確令學生將「惡作劇的方法受到了誇讚」的部分刺激當成了全體刺激，因此才得以改過自新。而至於舊的那一套訓導方法：罰留校、抄書一百次、記大過小過，甚至停學，依舊是弄巧反拙，只會突出了頑劣學生的革命感和英雄滄桑感。

自視過高

學位形成的錯覺叫不少人自視過高。

有個舊同學終於大學畢業，然而幾個月來都找不到工作，頻頻向我訴苦，說經濟不景氣，失業率高漲，自己成了犧牲品。

勸他騎驢找馬，先吸取一些工作經驗，他強調自己要求已很低，大學畢業起薪連港幣一萬兩千也沒有，做這樣的工作簡直是侮辱。

回想前幾年，朋友以偏低成績入這所高等學府時，並不快樂，因就讀的學校未被命爲大學，朋友自覺不能與「正宗大學生」平起平坐。畢業時，學府的名稱加上了「大學」二字，朋友的身分亦彷彿提高，神氣之色浮現無遺。

可是舊同學沒有於大學生生活中發奮過，沒有撈得任何榮譽學位，加上中學時期公開考試的成績不突出，要在每年數以萬計的大學畢業生中脫穎而出，幾乎是不可能的事。

當然我沒有跟他直說，舊同學卻反提大學生水準下降的話題來，說到前陣子雜誌上報導，不少主科不合格的學生照入大學無疑，說到英文成績平平，只有E等（當年好像他也一樣），憤憤不平這班人畢業後也可冠上與自己一樣的名銜，然而又從不發覺自己也是自抬身價的人。

打開報紙仍會看到滿版的招聘廣告，卻愈來愈多人怨沒有工作幹，相信當中一定不乏如朋友一樣的人。他們會怨，六、七千元只配請中五、中七畢業生，會怨工作沒有前途、沉悶，卻不反省自己的條件。

提高教育水準是好事，但當考進去和畢業都變得太容易時，自然得不到珍惜重視。「橫豎混幾年，就成大學生」，這種話現在不絕於耳，學位形成的錯覺叫不少人自視過高，吃虧的最終是他們自己。

偶像

迷偶像也得避免選錯對象。

同學們都喜歡迷偶像，蒐集他們的相片資料，日日談論他們。這也可說是很好的生活寄託，總比聯群結黨、撩事鬥非好。我也有偶像，但沒有我的朋友那般狂熱，其實生活苦悶，每個人都會迷偶像。道學家先不要抗議，你們不也迷孔子、魯迅、愛迪生？和別人迷歌星、影星沒有兩樣。

只是迷偶像也得避免選錯對象。

對象不是指人，偶像歌手和發明家在觀眾心目中沒有高低之分。迷一個偶像，必須認清自己迷的是台上的他，不是完全的他。

在表演台上，他把最好的一面表現給觀衆，就完成職責。且不必理會他台下的生活是否一團糟、吸菸酗酒，在台上他是可愛清純的偶像，大家看得高興，便應滿足。

這個道理其實誰都懂——有哪個老師會理會學生晚上刷不刷牙？有哪個上司會理會下屬工餘有沒有約會女朋友？

工作表現是大家看到的東西，某影星到處宣揚昨天買的衣服破了個洞，不是親切地向大家坦白，而是爭取見報率宣傳自己，吸引多些人看他的演出。

支持偶像，買他的照片、戲票、作品沒有什麼不妥，偶像賣的也不過是自己的樣貌才華。

只是，同學們都愛爭論偶像的人格、探查他們的私生活，就顯得有點愚昧了。

台下的偶像，只是凡人，不是夢中情人或聖人。

XXX先生

附屬品

男人都擁有種渴望有一個附屬於他的女友的虛榮心。

朋友的男友埋怨她在他的朋友面前過分健談，說難聽點，是過分吱吱喳喳。男人都擁有種渴望有一個附屬於他的女友的虛榮心，在他面前可以活潑開朗，在他的朋友面前，她卻應該婉約溫柔無主見。

「去哪兒吃飯？」男人問。

他渴望聽到的答案是：「由你作主吧。」

在朋友面前表現自己的大男人，似乎是所有男人都享受做的事情。如果女友話說得比他還多，他就會顯得非常無能，相反地，如果他常當著朋友面埋怨女友的沉默，就變成很有面子。

其實，男人的佔有慾比女人還要強。他們希望女朋友跟自己的朋友保持距離，以免女友的好處也被身邊的朋友發現而追求她，但又忍不住要帶女友示衆炫耀。

與朋友談起她這個男友，忍不住批評他非常愚蠢，竟以爲女人追求目標的方式與男人一樣。

男人見到喜歡的異性，便會以滔滔不絕的說話討她歡心；但女人不同，女人是用沉默矜持來吸引一個男人的。

朋友困惱於是否該改變自己，我讓她告訴男友，如果她有一天在他的朋友面前沉默不語，他不應該沾沾自喜，而該買件綠色的衣服準備襯他將會收到的綠帽。

夜店

大家來這裡，都希望忘記一些。

不知道爲何會這樣。

漸漸愛上流連夜店，不到打烊，不到店內只剩下我一個，不願離去。

坐在吧台前，前面擺滿各式各類五顏六色的酒。我對著掛牆大鏡，從鏡中看到自己，蒼白的臉，雙眼通紅，感覺自己很疲倦了，回家的路也不是太遠，可是……我再多添一杯，寧願呆呆看著自己，呆上一整個晚上，也實在不想離開。

漸漸我發現了，從鏡中所見，坐於我身旁的每一個人，面孔也許不一，臉上流露的表情却是相同的，憔悴、萬般無奈，感受得出的鬱不得志。彼此最常做的動作，除了問旁邊的陌生人借火借菸之外，就是用雙手掩上臉，良久良久，放下手來，便又開始痛飲。

酒保有時會走過來閒談，他是個洋人，不太懂中文，但他總以豐富幽默的表情和大動作搭救，引得各客人一陣冷笑。洋酒保還是曉得幾句的，他經常到處問：「Your work or lover，垃圾？」一定有人搭腔：「Yes，垃圾！」

酒吧內有一台點唱機，大家彷彿早有默契，一個接一個去投幣點歌。選曲既畢，音樂聲一沉下來，另一人又走過去點唱。機內有一千多首曲子可供選擇，來來去去播放的還是那幾首，無人有異議，各人也不在乎各人的沉默。有些人很專注地爲自己灌酒，有些人目光又在數千哩外。他們在想什麼，我自己又在想什麼，應該沒有人會說得明白，而且沒有人會說。大家來這裡，都希望忘記一些，但誰也不能達到目的，只想得更多更遠，更加沉重。

生活心得

提升

自從對生活有所要求，便會一直提升自己，讓自己更講究和享受生命。

醫生，一直想對你說聲謝謝，謝謝你醫好我的病。我現在生活愉快，身體健康，每天仍遵照你吩咐，跳繩二百下。我偶爾也打壁球、游泳，或走到山頭散步。真的如你所言，我的精神充沛得多了。不像當初求醫時，你所形容的慘況：「病得不像個人喔！」

除了治好我的病，你給我最重要的，還有一項啓示：就是要在適當時候送給自己一些「獎品」，獎勵一下自己，使自己更有動力繼續工作下去。我以前一直不明白這一點，但求一切方便從簡，所以，每次到餐廳點菜，我永遠只看特價套餐那一頁；買運動鞋，指定要三十元的中國帆船牌；看演唱會，只考慮最低的票價。

但捫心自問，對於質素好的東西，我不是負擔不來的，只不過自己對生活過於隨便，然後變得得過且過了吧。因此，大病初癒後，我開始相信你的話。

現在，餐廳菜單我會慢慢一頁一頁翻，點自己喜歡的菜；買球鞋時，我不會再計算一雙名牌等於三十雙帆船牌的價錢，而挑選自己喜歡的；演唱會買不到握手位置，我寧願稍後買現場錄影影碟……這才發覺，自從對生活有所要求，便會一直提升自己，讓自己更講究和享受生命。而且，一旦講究起來，更有更大動力去追求美好生活。

過去總有個錯誤觀念，以為節省一點，是種美德。如今更清楚，節省畢竟有限，不如想辦法多賺一點。這個觀點的轉變，實在相當重要，依照老方法想，只會令人愈活愈難過、愈活愈困苦，因此，我才愈活愈不耐煩，只為相信了不合時宜的觀念。

還有，我一直想嘗盡香港美食，病好後居然真正行動了。現在天天隨身攜帶蔡瀾的飲食天書《未能食素》，依照書中指引，每天去一個新地方「試吃」，生活充滿了驚喜，全多靠醫生你的警告。

希望下次再見你時，我只是前來檢查身體，或者告訴你我的婚訊，到時候我們再談作家張小嫻。

病人：
生活質素
一天四次
品味

對答

我貼了一張對答紙在電話旁，向家人提供遇到電話騷擾時的應對方法。

近日，家人收到一些找我的電話，通常中午時來電一次，下午四時左右一次，晚上幾次，其間在凌晨一兩時亦有一次。

對於這些陌生的來電，我已向家人聲明絕不接聽。由於以前也曾接過，跟那些多數是學生讀者之類的來電者先說好了，只談三分鐘，結果總是給東拉西扯幾小時亦未能放下電話，我試過幾次就怕了。有些人更過分，當他們打電話來找不到我，就會用同一個電話號碼傳眞信件過來。每次傳眞長達半小時左右，家人根本用不了電話，其他人的電話又打不進來。慢慢地容忍變成厭惡，我貼了一張對答紙在電話旁，向家人提供遇到電話騷擾時的應對方法：

來電者：「我想找×××。」
接聽者：「請問是誰找×××。」
來電者：「我是她的朋友／×報記者／××出版社編輯。」
接聽者：「×××不住這／很晚才回來／你可以傳呼他或打他手提機電話。」
來電者：「可以告訴我他的傳呼號碼／電話號碼嗎？」
接聽者：「不如你留下名字和聯絡方法吧。」
來電者（多會遲疑一下）：「我有急事要找他。」
接聽者：「如果你是×××的朋友或是出版社編輯，應該會有他的傳呼機或電話號碼的／如果你是×報記者，不如你透過出版社聯絡×××吧。」
來電者：「……我遲些再打過來吧。（急急掛線）／一個電話號碼而已，用不著如此神祕吧!!（開始發脾氣）」
接聽者（必須心平氣和）：「你的名字也不是見光死吧？」

來電者（被惹怒）：「XYZ（粗話）」
接聽者：「彼此彼此。」然後比對方更早一步掛線。
這是我給所有被電話騷擾得不勝其煩的朋友的一點心得。

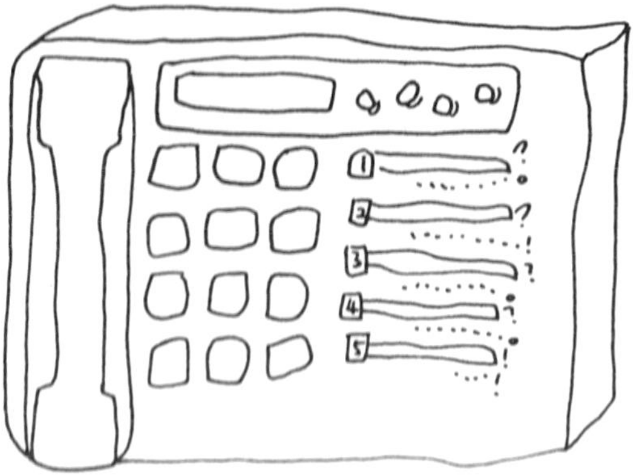
1
2
3
4
5

處之泰然

生活上很多事情也是因應自然而處理爲佳。

我表弟臉上長滿了暗瘡，姨媽告訴他多喝些水，勤些洗臉，暗瘡就會自然褪掉。可是表弟每對著鏡子都看不順眼，一有時間就用手擠出膿液，除了鏡子遭殃，他的臉孔也遺留下不少暗瘡痕。

他自己見到，也覺得難看，但又不肯坐視不理，最後到藥房選購了市面上多種治暗瘡藥，希望能以藥物褪掉暗瘡，也使自己心理上好過些，制止他再用手將「病情」惡化。可惜臉上皮膚似乎受不了這些治療，現在表弟的臉因敏感而長滿紅斑，令他十分憂慮。恐怕日後他除了皮膚科醫生外，還要光顧心理醫生。

我亦曾受過暗瘡煎熬，但可能一向不覺得自己外貌出衆，多一兩顆暗瘡點綴也不在意，再加上寧願用買暗瘡藥的錢去打電動玩具，便由得臉孔的侵略者自生自滅，結果皮膚狀況還比表弟好。

身體有自動復原的功能，順其自然，割傷了的破口會結痂，若一直加入人爲因素，卻會弄成相反效果。不止暗瘡，生活上很多事情也是因應自然而處理爲佳，莊子的〈庖丁解牛〉說到，宰牛要順著牛的結構，避開骨和筋，切下肉塊，才不會磨損刀身。不理自然的定律，硬要用自己的方法改變世界，只會落得損兵折將，徒勞無功的後果。

聽起來這番話似乎不受用，然而換個角度想，自己做了事情，令自己滿意便好了，不必要全世界接受或強行要改變別人的想法。處之泰然地接受結果，比千方百計剷除異見者高明。

名牌心態

我不得不說，他的痛苦是自找的。

朋友看了導演王家衛的電影《墮落天使》，向我訴苦，說那齣戲悶得他差點睡著，半場有不少人離開，一邊大罵粗話。

我默默點點頭，表示我聽到了他的怨言，但實在說不出任何同情他遭遇的話，畢竟這位朋友由《阿飛正傳》開始，便每看一齣王家衛電影，就罵一次，但他依然把《重慶森林》、《東邪西毒》，甚至現在這齣《墮落天使》也看齊。我不得不說，他的痛苦是自找的，他完全不能苟同那些影評人的讚美，還自虐般每次都買票入場。他這種心理非常有趣。

當然有些人是無聊得什麼電影也要看一番，爲的只是消磨一個晚上。可是，電影、小說、音樂這些媒介，都是觀衆自行選擇接收與否的。朋友要求官能刺激，可以去看齣三級片或動作片；要求看到一個感人或情節豐富的故事，可以去看齣劇情片。

他現在態度與行爲不相符的表現，只得出一個結論——他不是爲看戲而看王家衛電影。

也許實在太多人盛讚王家衛的電影了，他的任何產品都成了一種名牌，一種文化的名牌。正如很多人爲了表現自己有時尚觸覺、有錢而穿名牌衣服，朋友及那班每次半途離場的「忠實戲迷」，也有一種意思要表現自己有文化、有思想、追上潮流，才看王家衛電影。

要讚要彈一種名牌，也必須試過那種名牌才行，否則就變成人云亦云，或「吃不到的葡萄是酸」的表現，惹人見笑。朋友看過《墮落天使》後，至少可以評說，這齣戲的主角是那個飾金城武父親的阿伯，而非那班大明星。

再者，在可看的港產片那麼貧乏的時候，帶女友去看《墮落天使》，總比看什麼上環、中環浴屍案來得有些品味。

談論價値

廣告能惹起談論，已經成功。

一個啤酒廣告引起了很多人的不滿。廣告裡一班身穿黑色西裝的男士把酒言歡，而談論的話題就是女人的美腿。維護婦女權益的團體抗議廣告歧視女性，把她們吸引人的焦點放在外表形態上，把她們表現成男性交談批評的話題。又有人認爲，廣告將兩性的形象定型，那些穿西裝、滿口英文的雅痞男士，與那些性感、雙腿修長窈窕的女士都令他們不安。

但純以一個電視觀衆的身分而言，我覺得這個廣告拍得十分成功而引人入勝。

本來，那款啤酒一向的宣傳目標顧客，都是打工階層，平凡的一群。包裝成生活素質高的男模特兒，多是用來宣傳推廣一些較昂貴的洋酒。現在這個廣告，能以一班白領中產的男士工餘閒談時候飲啤酒，將那牌子帶進更大的一個消費階層，並非要歧視生活素質和教育程度比他們低的一群，而是選擇另一種對象，推銷他們的產品而已。

至於談論女性，正表現出那種直覺的異性相吸。任何人皆會對外型漂亮的異性產生立即的好感和欣賞，內涵是要在眞正認識那人後才得以知道的。能夠從女性走動時看出她們性感的一面，是需要男人的直覺的，正如女性可以從男士刮鬍鬚時看出他們性感的一面。而同性看來，只覺不外如是。

一個化妝品廣告，也可以用一群女士在化妝間補妝時談男人抽菸的姿勢，關鍵在於如何把兩者連在一起。相信在以上的提議中，沒有人會把兩性的位置調換，因爲使用那商品——化妝品的主要客戶都是女性。這不是一個刻板印象（stereo-type），而是將某一階層的典型表現出來罷了。

說回那啤酒廣告，賣點就是男士對女性和啤酒的直覺喜愛，或許我們也可以試用直覺來欣賞它的創意，而不必太刻意提出每一細節都有含沙射影的暗示。

簡單來說，廣告能惹起談論，已經成功。

空殼

要爲了別人的眼光和標準而改變，實在很傻。

前陣子在電視上看了一個節目，講關於一些患了厭食症的女孩子。鏡頭上所見，她們眞的瘦得可憐，一副身體像已喪失了支撐快倒下去似的。可是還有不少女孩在埋怨自己肥胖，拒絕進食。醫生解釋，其實她們是過份缺乏蛋白質，臉龐因而腫脹起來，女孩子卻對自己危險的處境毫不知情，誓要保持窈窕。

聽說厭食症是心理病。一個人的自視過低，認爲自己的外貌不夠吸引人，而影響了自己的受歡迎程度，加上現在的審美標準在於瘦削高挑，大部分的女孩子都把自己的理想體重定得低於適中水平，爲了得到別人的讚美和艷羨目光，就不惜節食減肥。

然而節食不得其法，不是令自己營養不良，就是稍一鬆懈便沒有節制地進食而增了體重。新聞裡都曾報導，有女學生節食過度，在街上暈倒跌傷後腦致死，實在得不償失。

外觀的重要性我亦認同，然而若一個人對自己一點自信都沒有，要爲了別人的眼光和標準而改變，實在很傻。標準只是人定出來的吧。達到外觀上的美，也不過是令人見面時眼前一亮，而現實生活中又實在有不少活生生的外貌八十分、智商二十分，惹人失笑的例子，並不見她們能在工作中、愛情中無往不利。內在的分數畢竟是更持久而實用的，不會欣賞這方面的人，內在分數也不會高得到哪裡，可以置諸不理。只怕是空有外殼而毫無自信和內容，多看兩眼也覺膩。

在下列六個圖形中，指出哪兩個不按照次序轉變方位。答案在123頁。

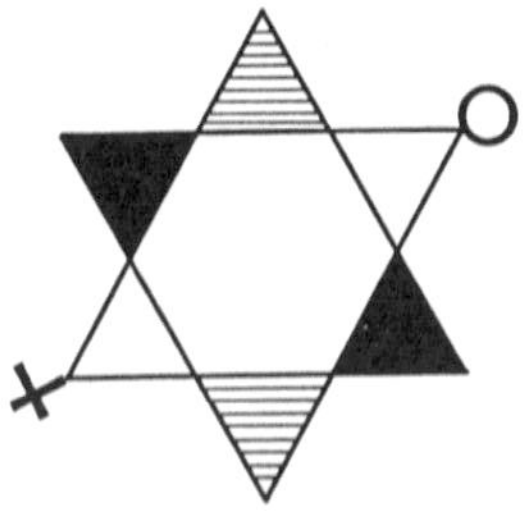

1

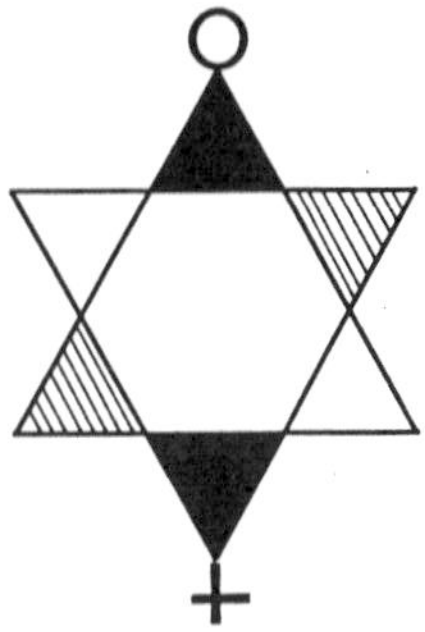

2

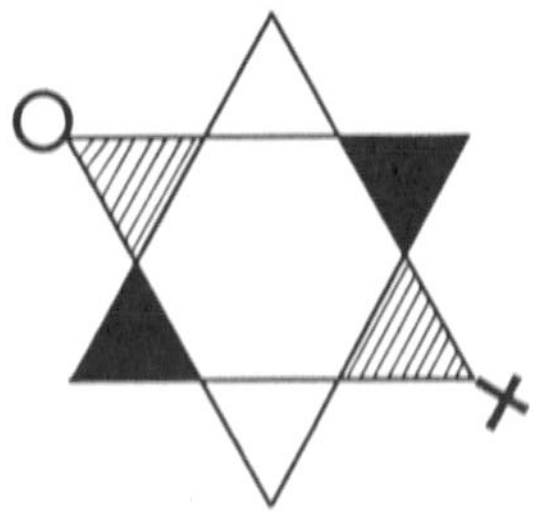

3

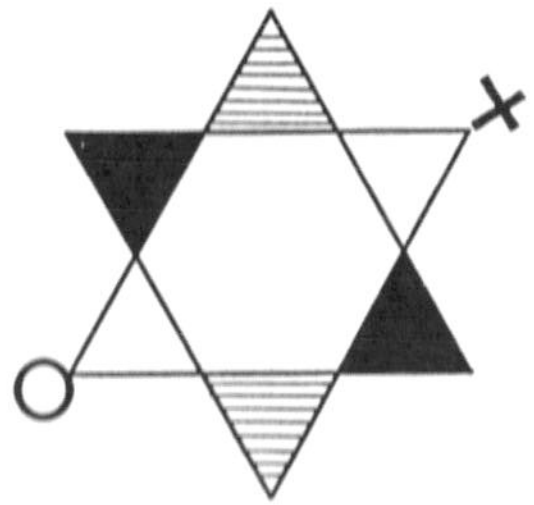

4

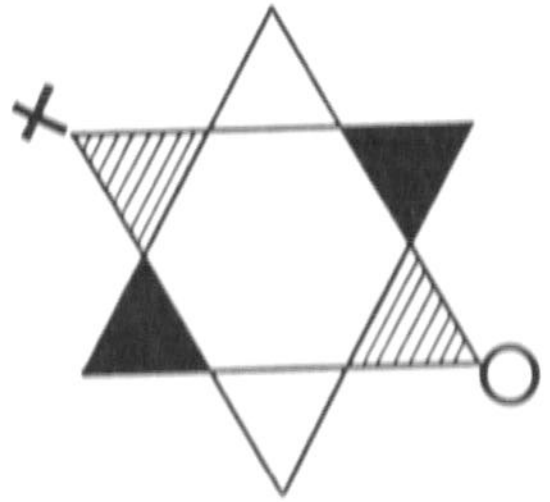

5

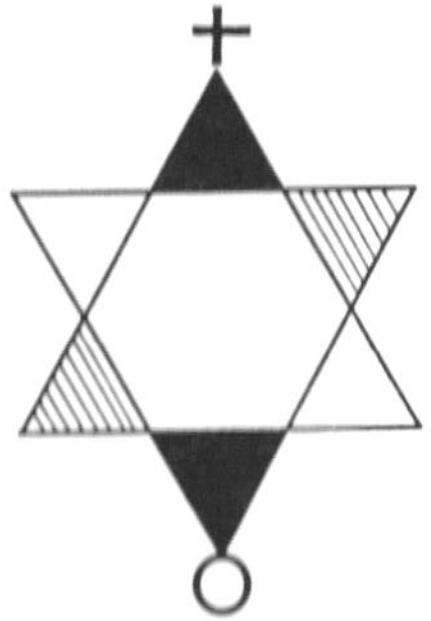

6

誤解

大自然有它內置的平衡，人類的干預最終將帶來什麼，實在不得而知。

看了一齣電影《再生情狂》，故事是改編自著名的小說《科學怪人》。小時候聽這個故事，只把它當成一個嚇人怪物的傳說，甚至沒有好好地把故事由始至終聽過，這次在戲院看過《再生情狂》，才對「科學怪人」這人物有重新的看法，對它背後要帶出的訊息作出思考。

一位名叫法蘭根斯坦的醫學生，對科學有著很大的理想，他並不滿足於利用醫術和藥物消滅病者的痛苦，卻期望可以回復已死去的生命，使死亡不再存在。於是他創造了醜陋的科學怪人，但怪人卻因此受盡世人的咒罵，而那科學家得到了什麼？很多人甚至誤以爲，法蘭根斯坦是科學怪人。

以現代的科學角度來看，法蘭根斯坦所追求和創造的並非天方夜譚。多少被認爲無藥可救的絕症都已被克服，身體任何一部分殘缺了，都可用機械和科學補救，甚至生命的基因祕密亦開始被逐步解破。一切大自然或超自然主宰者所控制的生死定律，似乎都被人類逐漸掌握。可是，大自然有它內置的平衡，人類的干預最終帶來的，是堅韌的生命力還是像《科學怪人》故事中的惡果，實在不得而知。

我卻在全世界都努力用科學保護並維持生命的同時，見到更多罔顧別人生命的行爲，以及多種令人束手無策的新絕症湧現。難道經過這麼多年的努力，我們仍如《科學怪人》的作者瑪莉．雪莉身處的十七世紀一樣，在生和死之間玩拉鋸戰？

遺失的收穫

這天我就賺到了一家的歡樂。

我新買了一張地鐵儲值票，才使用了一次，就遺失了，我心情惡劣之極。身邊的女孩見我煩躁的樣子，便說：「可能剛才拾到你那張儲值車票的人，是一個要養四個孩子的父親，他收入微薄，每天都擔心著明天沒有錢吃飯。家裡的基本支出大，他唯有在吃的、穿的方面省錢，因爲每天兒女上學與自己上班的車費是省不了多少的。

「他剛才下班準備回家，意外地拾到儲值車票，查一查票，見足足有港幣九十多元的票價，知道下半個月的車錢解決了，便歡天喜地買燒臘回家加菜，一家人吃了一頓豐富的晚飯……你遺失了車票卻做了大好人，實在應該高興！」

女孩的話令我心情轉好，我也想到一個故事：「有一個剛與情人分手但仍愛著對方的男人，發現自己遺失了一張只用了一次的地鐵儲值車票，他沿著自己走過的路小心搜索，却遍尋不獲。他明知自己不能找回車票時，心情反而平靜下來，突然想想，爲什麼自己可以爲一張九十四元的車票而折回頭走，却不可爲一段三年的感情盡一點努力？男人因爲一張遺失了的儲值車票，覓回一段失去了的儲值感情……」

女孩笑著點頭：「的確是個不錯的故事。我們去吃頓好的慶祝。」

我渾然忘記了剛才的不快。有時，失去了一些，可能會得到更多收穫。這天我就賺到一家的歡樂，一個「大好人」的銜頭和一個感人故事的橋段。

119頁答案：5和6。

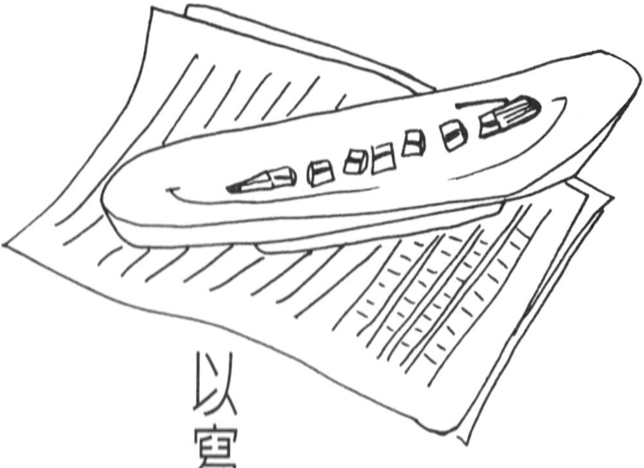

以寫作為業

現實中的作者

希望大家明白，作者跟讀者的溝通，是在書中。

有一段時間。我接受了很多的訪問，也到過電台做節目。讀者的反應很是極端，有些很高興可經常見到我，有些很不高興我曝光太多，認為我在刻意追求偶像化、整個人變了質。我只是一直自卑，不願告訴任何人，其實我從來沒有拒絕訪問；只不過，在我藉藉無名的時候，沒有人肯來訪問一下我罷了。後來，開始有人認識我，我更不敢拒絕任何訪問，我想公平一點，無論是十五萬銷量的周刊或是銷數幾千份的小報，只要找我，我也欣然受訪，但求予記者工作方便。

現在，是時候停下來了，不是由於我是別人口中所謂的「名牌」、「銷量保證」，我就不屑被訪了，而是，不論有沒有接受過訪問，得出來的還是一篇又一篇故意扭曲和挖苦受訪者的文字，眞正的被訪內容完全操縱在執筆者手中，並非被訪者口中。既已明白遊戲規則，又何苦浪費時間，接受面對你笑但轉身刺你一刀的訪問？由他們全權代梁望峯作答好了。

我也想請讀者們明白，他們所看到的，不一定就是眞實；看得開心，看得憤怒，也不需要。任何媒介都是賣假象的，引起注意，目的已達，追究下去，乏善可陳。希望大家明白，作者跟讀者的溝通，是在書中。現實中的作者，就算是個殺人犯，對他的書的可觀性，全無影響。總是有可以寫得很好的殺人犯的。

錯誤

錯一個字，即使登報澄清，又能得回些什麼實質的東西？

當我每為一份陌生的報紙寫稿，沒有人看熟我的字體，所印出來的錯字一定很多。

但我永不登報更正錯別字。

因為覺得對錯是很平常的事，除非自己永遠不出錯，但我知道不會。有很多次重看手稿，明明是想寫「心情還好吧」，不知怎樣會寫成「心情還多吧」。類似的手筆之誤其實多不勝數，就算傳眞稿子去報館前細心核對，也會看漏。既然連第一稿也是有錯的，印出來是錯字反而就變成完全正確了。假如正稿是寫錯了的，印出的字是對的，那是編輯替我執過錯字（不要小看這個過程，有作家聲明，自己的文章是一個標點符號也不可更改的），我想我也不會登報感謝吧。

小朋友的測驗卷少計了一分，事後還可以向老師討回一分，錯一個字，即使登報澄清，又能得回些什麼實質的東西？不如花一點腦筋，多寫幾篇新的精彩文章，總好過執著於一些已經過去了的錯誤。

如果文章是已經得罪了別人的，再要澄清，人家也是動氣了，根本無補於事，反而又挑起舊瘡疤。況且，有哪個讀者喜歡看作者拿著舊日的文章，逐字批改解說？

讀者想看什麼，寫給他們看吧。

侮辱

我們寫作人，不是要求別人尊敬，但是，請給我們最起碼的尊重。

我是一個很喜歡寫作的人，自少就是。現在能有機會出版一些小書、一些刊物，有讀者追隨，總算是與他們的一種緣份。而對於任何不可強求的緣份，我也很珍惜。由於我知道，一切來也匆匆，去也匆匆，所以我總愛在書中寫前序、或後記，寫一些虛構小說以外的眞情紀錄。坦誠地、不作掩飾地與讀者交談一下。可惜，換來了什麼？讀者最常挑剔我的，竟然是借我的前言後記來向我作出攻擊，問我：「是否在博取友情？」「是否在販賣你自己的私生活？」「你的話是否句句屬實，抑或在嘩衆取寵？」

讀者有所不知，小說故事一完，馬上收筆便可，其餘一切皆是附加的。指摘梁望峯有計劃地搞人際關係，可太小人之心，也太高估自己。從未要求過任何人購買我的作品（讀者不是跪來的！），一切皆屬公平交易，讀者不會爲了鼓勵一個作者（無論新晉或資深）而不斷購買沒有保存價值的小說。我也永不相信「有誠意就有回報」這些傻話。如果覺得一本書不值它的價錢，馬上放下便是了，我相信，自有另一個讀者會拿起來看。

我們寫作人，不是要求別人尊敬，但是，請給我們最起碼的尊重。擁有一些自以爲是的讀者，對作者來說，是一種侮辱。

Z
Z
Z

寫作全日制

可惜寫作沒有朝九晚五可言，即使坐在桌前八小時，寫不出就是寫不出。

做了一個小小的心理測驗，內容是要從五件家具中選出一件置於圖中的房間。我選了一張牀，測驗分析我已顯露出疲憊的神態，極力想要消除疲勞，或醫治疾病。

說眞的，很多時候，我都想安靜睡一覺。

有些人總認爲睡眠是奢侈品，能工作愈長時間就愈能幹，以熬夜爲榮。他們喜歡告訴你，昨夜趕 project 工作至凌晨五時！彷彿幹了一件很偉大的事似的。

如果他們是因爲能者多勞，爲了完成繁多的工作而熬夜，他們的衝勁和投入實在令人欣賞。然而有很多人並非如此，白天見到他們總在嘻嘻哈哈遊戲一番，工作毫不繁重，亦迫於要在夜裡完成。如果他們能反省，爲何別人在五時下班後可以放鬆休息而自己不能，也許他們會知道，放棄睡眠時間去工作，不是能力表現而是表現了無能。

可惜寫作沒有朝九晚五可言，即使坐在桌前八小時，寫不出就是寫不出，而我的經驗是唯有在夜裡才能寫得好，寫得快，就如有作家喜歡一早起牀後寫作一樣。

只有在夜裡，我才能不受騷擾地專心工作，白天裡不是電話傳呼機響過不停，就是母親不斷提醒著我，早餐午餐下午茶晚餐程序。以爲白天睡覺晚上工作能行得通，結果差點變成不眠不休。現在雖然母親諒解，不過因其他人還是朝九晚五工作，配合別人的工作時間再加上自己的晚九朝五，畢竟是在殘蝕著健康。

聽說睡覺中熟睡的時間是用來恢復生理健康，而做夢的時間是作恢復心理健康的。看著那麼多人浪費了它，難怪心理生理不平衡的人是愈來愈多了。

找出下列圖中不成對的圖形。答案在147頁。

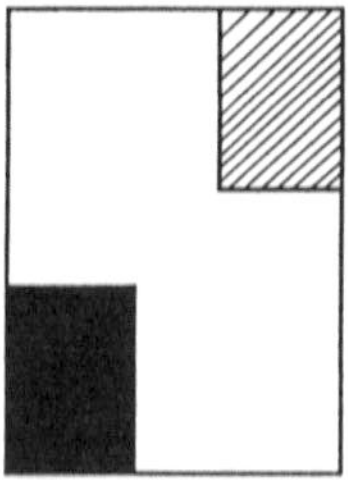

1

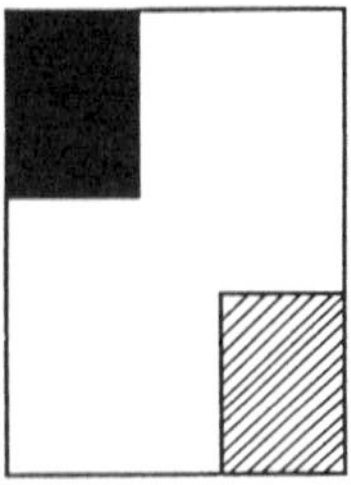

2

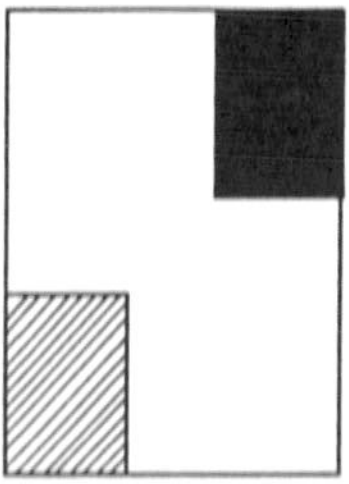

3

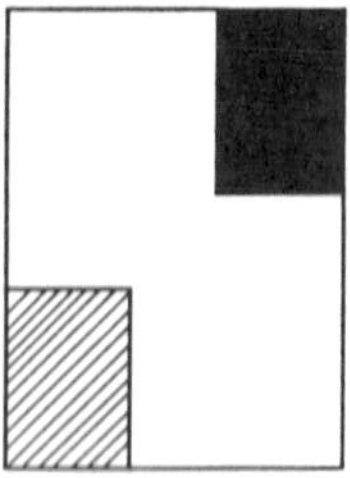

4

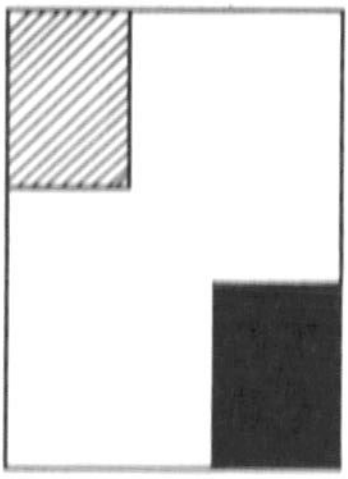

5

抓緊喜惡

要做一個成功的寫作人，必須出盡法寶，抓緊讀者的喜惡心理。

當（在香港）出版了第一本散文集，讀者的普遍反應是：惡評如潮。於是反問一下自己：是寫得不夠好，所以讀者不接受嗎？又不是。如果以執筆時間來計算，當時十五歲，寫的想的，大約都是那個水準。況且，寫的時候，意圖不在出書，旨在發洩情緒，交給出版社，是後來的事情了。

反而這次受挫（不論銷書量如何，至少，我為此已很不愉快了），給了我一個教訓，就是，寫作，要夠專業，而且，商業計算一定要在寫作的考慮之內。

《望峯日記》純粹是為興趣而寫的，能夠出版，值得喜悅。問題是，我為興趣而寫的，讀者會不會為我的興趣而花上港幣三十多元去買？

我本身是個讀者，我自己肯定不會。讀者買一本書，是與作者的一次交易，這次交易滿意了，下次才會回來。所以，要做一個成功的寫作人，必須出盡法寶，抓緊讀者的喜惡心理，令他們一本一本買下去。否則，就算文章寫得再好，銷量不好，也會給出版社轟出門口，從此在寫作界消聲匿跡。

出版社一開始不肯替我出版散文集，一直要我寫幽默小說，也曾令我耿耿於懷。但現在才明白，出版也是項投資，生死未卜，令人擔驚受怕，並不划算。如今出了四十多本，有一本銷得不好，下一本重振雄風就是了。如果當初堅持己見，第一本就出版《望峯日記》，很有可能，我已經沒有出版第二、三本書的機會了。

眞要謝謝出版社，教導我「開卷有益」不過是宣傳語句，最重要是以銷量論英雄。

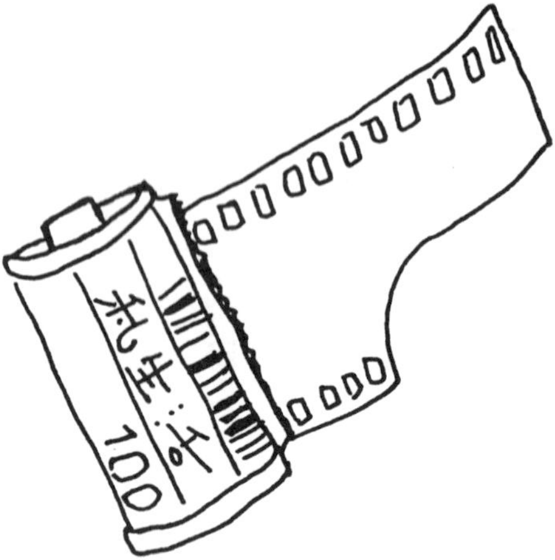
100

隱藏人物

我自己卻害怕把親人的身分直接寫在散文之中。

在電視上看了一個時事特輯，其中一節訪問一個外國諧星提姆·亞倫和他身邊的人，探討他的成功之道。

提姆·亞倫的形象，是一個對女人感到十分迷惑及不解的大男人，他的搞笑極盡挖苦女人的能事，把祖母母親姊妹妻子的說話舉止拿出來公諸於世，引人發笑。

觀衆都如他所願，捧腹大笑，但原來他很多切身的笑話並不是眞實的，而是靠虛構誇張演變出來的生活軼事。有很多趣事也許是每個女人在洗手間廚房都會有的習慣，但把它說成自己母親的怪癖，觀衆就十分受用，這或者就是人的偷窺慾吧？

我自己卻害怕把親人的身分直接寫在散文之中，哥哥生暗瘡就給我寫成表弟生暗瘡，爸媽就寫成舅父舅母，要不然就以一個「朋友」的稱謂，代替一切親人摯友的身分。因爲把身邊的人的醜事怪癖與引人發笑的話寫出，難免會讓他們看到的時候感到尷尬難堪，爲存厚道，便唯有避重就輕地揭他們的趣事醜事，帶出人性的醜惡可笑。

時事特輯裡，提姆・亞倫的家人並沒有因提姆常借他們引人發笑而感到不滿或被傷害，反而能輕鬆地笑笑帶過這訪問者的問題。且不去推測這大方是否裝出來的，她們能忍受被人在大衆面前挖苦，已經是我們身邊很多人所不能容許的事情。

「家醜不外傳」是平常人都順從的守則，寫稿卻就是要出賣自己感情的工作。除非要爲家人摯友寫稿，否則我還是走一條中間線，把有人的眞正身分都隱藏起來好了。

太誇張？我擔保父親看完這篇文章後一定問我：「以前那篇散文是寫我的呀？」

要害

十個寫作人，有一半都曾想過僱用但請不到或已僱用代筆。

每個人以至每個行業都有致命要害。

美艷女星最怕被指出曾整容，運動員最不希望被指曾吃違禁藥，而作家則最不想被指僱用致命要害。

以上的指控無論是真是假，當事人都不想傳言繼續，但可笑的是，這些指控往往隨著個人的名氣而來。女星不紅，有誰理會她有否整容？運動員不取第一，又有誰懷疑？而有一定名氣的作家，則總會因他的近作寫得太好或寫得太差，而引起僱用了代筆的猜測。

先不去評論此舉是否正確，但據我所知，十個寫作人，有一半都曾想過僱用但請不到或已僱用代筆。說實在，寫作人都難僱用到合適的代筆，因爲任何一個作家都對自己的寫作有一定的自信，寫得比自己好的，又不想僱用提攜，寫得比自己差的，又怕僱用後會壞了自己的聲名，再加上沒有人能保證，代筆收了錢就肯默默耕耘，而作家準不能要求代筆有職業道德吧？

當代筆成了「主筆」，作家半引退，代筆就不過是用了作家的名字作代號，藉著該作家的知名度及忠實擁戴，比新進作家少用一半努力去達到一樣的銷量。而出版社雖然是定了合約，要求作家交上自己的原創作品，但仍是看銷量而不看字跡辦事。

然而，作家還是不時被偶像化的，讀者是看作者而非看作品。在這個宣揚原創與眞誠的年代，代筆仍是作家的致命要害。

禁止自殺

是因爲我們都愛在生命邊緣的一刻，衡量把生命延續下去或是一刀斷絕比較划算。

看了一本書，叫《完全自殺手冊》

這本書在日本帶來很大的回響，因爲它並非一本偏激的小說作品，而是一本用很客觀的文筆，詳細介紹各種自殺方法的進行步驟，就「痛苦」、「死狀」、「牽連」、「衝擊」及「致死度」各種自殺方法作出評估的手冊。

簡單地說，它是一本教人自殺的書。

因爲太暢銷了，不但翻譯成中文版，更出版了一本《我們心目中的「完全自殺手冊」》，輯錄了讀者的評語及訴說讀後感的來信。

作者表示有自殺念頭的人數之多，我並不驚訝，因爲太多人不時會想起自殺這回事，而報紙常告訴我們，究竟有多少人實行了。當想到這個地球上有幾十億人口，而自己只是一個微不足道又活得很不快樂的人，實在想要像捏死一隻螞蟻般結束自己的生命。

特別的是兩個極端的反應：有人罵作者是魔鬼，也有人稱讚他是偉大的人。罵作者是魔鬼的，自然是主張生命最重要，無論如何也不該放棄的人，他們背後卻並不全因爲自己有積極的人生觀而和作者對抗。這些讀者不少都說到每個人都要有責任心，自殺會令公司、同事、朋友、親人等等受影響，生命必須存在，以履行對各人的責任。

說到底，就是沒理由自殺的人，可以撒手不管而其他人要爲他操心。

當然，身邊的人自殺了是令人傷心的事，但總不應該譴責作者把「自殺」的實情及研究報導出來，因爲眞是決定自殺的人，不會因爲自殺沒有把握或怕痛而改變主意。書中許多來信的讀者雖然說曾有過自殺的念頭，但到底沒有因爲該書而立刻死掉。

是因爲我們都愛在生命邊緣的一刻，衡量把生命延續下去或是一刀斷絕比較划算，也會想像，痛哭一頓後，眼前的形勢會好轉，所以沒有實行。讚美作者的人，甚至說看完書後有種安心的感覺，可能就是由於對自己的生死好像有了些把握吧。

成年人也不要只怪罪作者了，畢竟一本薄薄的書能使不少年輕人認同自殺，而完全不受父母長輩十多二十年的教誨，這反映了什麼呢？

135頁答案：第三個。

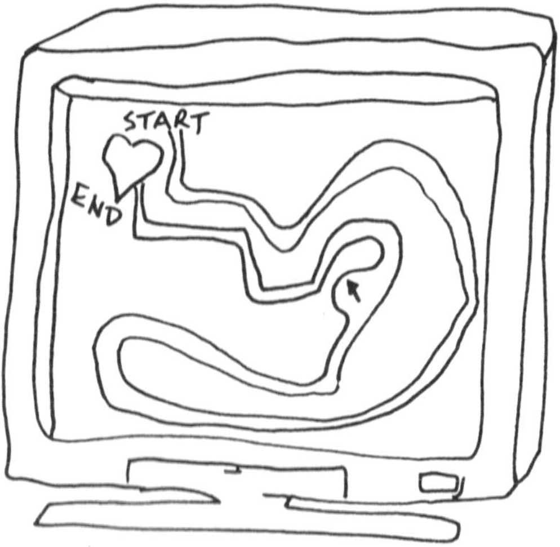

想念的遊戲

思念距離

當你我隔得那麼遠，教人不想念也難。

從頭到尾，我沒有想過因妳的病而同情妳。因爲我好淸楚，我可能是下一個受害者。天命難違，人人平等，又有什麼値得可憐？萬一我有一天倒下來，我才不希罕別人同情。不知道妳怎樣了？自從妳遠赴美國就醫後，情況還好吧，我竟不知道。在這廂，我做了很多，做得狠，卻不知爲了什麼。生活不差呀，也不太好，不算行屍走肉，但總像欠缺點什麼似的。也許睡不夠，也許起得太早，恍恍惚惚渾渾噩噩，心不在焉地存在著。時間走得急，過程卻反複又反複，唯一寄託是寫信給妳，三日一大封，一天三小封。當妳回來時，不知道一封一封的信、卡、禮物，疊起來會不會比妳還要高要重？如果超重的話，會不會從飛行在太平洋上空的飛機上拋下海？海水接觸到信紙的紫色筆墨，也許會滲開來，半個海洋都染滿了淡紫，應該可以寫個凄美的愛情故事了，對嗎？

其實，說眞的，距離使人思念，尤其當妳我隔得那麼遠，教人不想念也難。可是，你回來了呢，我怕會變，容易得到的總會變得更容易。一首永恆的情歌也會聽膩，更何況朝夕相對的情人？有沒有聽過徐志摩和陸小曼，有人說，假如徐不是因撞機死去，說不定會跟陸小曼鬧翻呢！這場意外到底拆散了他們，抑或將他們轟天動地的愛情保鮮到永遠，又有誰曉得？

另外，電視台一星期前預告的那個專題講貓的節目，我到當晚居然可以忘掉！一個半小時的節目，我漏錄了前面半小時，恨錯難返，傷心了我一整晚，似被砍掉半條手臂那麼疼。最愛貓不是我，愛貓人是妳。

痛心

自己除了懂說愛她之外，竟然不能幫上任何忙。

我不捨得她在睡醒時，見不到我，所以一步也沒有離開，執著地坐在牀邊，守望因久病而憔悴得怕人的她。

小小的疲憊身軀被病菌蹂躪盡了，我才發覺自己除了懂說愛她之外，竟然不能幫上任何忙。天天膩在一起，每天重覆不下十數次的山盟海誓，到最後就只有眼睜睜看著深愛的人的生命，如漏斗一點一滴流失，自己卻束手無策扮演著癡情漢子的角色。或許更可以慷慨陳詞，不知羞恥地認爲，她這次患病是刻意給我安排一個機會，去表明我確實比任何人更關注她的健康——很深情，是嗎？其實到了此地步，深情又算得上什麼？有錢治病才是關鍵，濃情厚愛不等於能支付動輒數以十萬計算的龐大住院和手術費用。理由現實卻簡單不過，有錢能治百病。有愛沒有錢，除非相擁著等死，否則能怎麼辦？

當她的牙齒咯咯打顫，再也控制不住自己而渾身發抖，終於虛弱得無法繼續隱瞞她的病症時，剎那之間，我覺得全身的血液都湧上了腦際，在那裡翻騰著，可怕的程度，和自己突然被最毒的響尾蛇咬了一口後的驚慄，沒有兩樣。

是不是表示我疼她比疼自己更甚，還是用不能置身事外的心情，令自己強擠出心窩被剁成肉醬的痛苦神情，使她感覺我是令她刻骨銘心的唯一一人？原諒我不明白自己，就像我不捨得她在睡醒時，見不到我了，是眞的不捨得，抑或希望她記住我？我不知道，我已經不知道了……

失去那種被世界需要的感覺

在地球一個小角落裡，擔演著刻意被遺忘的角色。

眞的，相信我，失去妳，我失去那種被世界需要的感覺。

自妳去後，我像被整個世界否定了似的，身分變得一片模糊。

自此遺留下孤孤單單、凊凊冷冷的身軀，在地球一個小角落裡，擔演著刻意被遺忘的角色。

原來，我很滿足於自己的渺小，世界上多一個我和少了一個我，也不過等於沙漠上多一顆沙和少一顆沙罷了。但我必須驕傲地告訴妳，有了妳之後，我眞眞正正感覺到那種被需要，擁有了那種要令自己心急如焚地站起來，告訴所有人我就是我的慾望。

因爲，妳屬於我，我也要肯定自己的重要性才行。

但是，現在，妳早走了一步，走得那麼突然，在我毫無預備之前，妳已被那個死亡的巨浪，一下子全蓋了下去，完完全全地被吞沒。沒有了。

而我的心也在妳走的一刻，給一道無形的閘鎖上了，停止了跳動。只是個依然活著的死人，看著日落日出，過了一天便一天，不知在幹什麼，彷彿在等什麼。如果你相信的話，不要說我討妳歡心了，我在等著跟妳重逢的一天。

生存彷彿身陷囹圄，多留一秒也有說不出的辛苦，但我又不敢擅自決定死去，恐怕那一切生前相思死後重聚的傳說，只是個傳說而已。如果人死了眞如燈滅，那麼我如何想妳呢？現在我留在這裡，至低限度，可以想妳，可以寫妳，更可以一天比一天疼妳。雖然這些思念的日子，眞會使人成狂。

明知沒有了，仍欺騙自己說還有的還有的、還有的還有的、還有的還有的……但，還是沒有了。

一想到這裡，我便心灰意懶。願意整個人粉碎下來，化成飛灰，也許還開心一點。

我，畢竟不是那種雄心萬丈與世界對抗的人，除非有妳在旁伴我作戰。

現在，我只有順著生命的長流，流到最後，也只有一心期望，妳會在盡頭等著我。

我不會自殺的，我會好好地活著。曾經答允過妳，雖然是如此難做。

今天翻看妳的照片，竟發現如妳所說，像一頭邋遢貓，以往一直不覺得，爲什麼呢？

從下列四圖中找出一個特殊的圖形。答案在165頁。

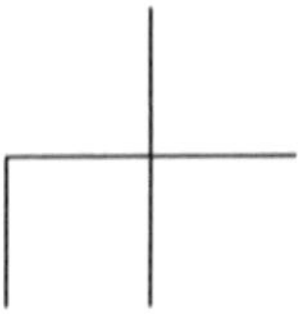

1

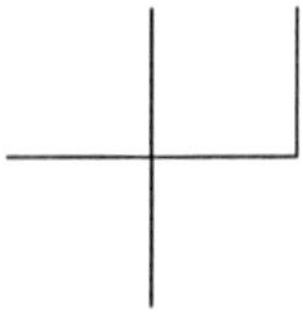

2

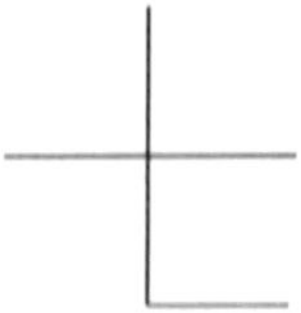

3

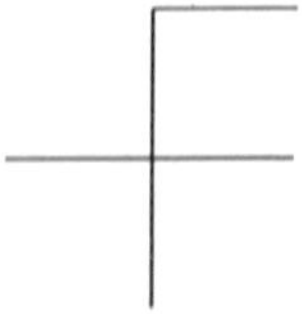

4

賭局

其實我不是不甘心讓她做感情的莊家，只是不想等待無了期的奇蹟出現。

她是我遇過的最反叛的女孩，可是我偏偏很喜歡她。也許她明知這一點，所以總嚷著和我玩一場又一場的賭博遊戲。每次陪她玩俄羅斯方塊電子遊戲，她總與我打賭她能否超越一百大關，如果我猜中了，她便認定我是她的男朋友，反之，我們以後也要保持朋友關係。

可能她太喜歡看我緊張兮兮瞪著她玩遊戲的樣子，因此常常要我參與這場賭博，事實上我是真的很緊張結果，心裡很希望她會輸給我，更希望她會遵守諾言。

可是，正如絕大部分的賭博一樣，莊家贏的機會始終最大，她這個莊家也很會出老千，我賭她會贏，她便故意在九十九關放手不玩；我賭她會輸，她便會全神貫注玩過一百關;當我失望於自己再次猜錯結果時，她就會拍拍我的頭，笑笑說這次並不算數，要我期待下次的賽果。

有時，我很懷疑這是否算一場賭博。沒有博彩性質的打賭，最多只能稱作一個她設計來娛樂大家的玩意兒而已。她不讓我贏，我一定要輸。又或者，她是在賭著我的感情，假如有一天我不再願意和她玩這遊戲的時候，她也會輸掉原本唾手可得的感情。

其實我不是不甘心讓她做感情的莊家，只是不想等待無了期的奇蹟出現。於是，我也偷偷苦練俄羅斯方塊，一心想挑戰她，一旦勝了，她便要認定我做她的男朋友。話雖如此，我仍輸給她好多次，可能因爲搖桿有問題，或者我的心情太緊張。等我千辛萬苦，終於擊敗了她時，她卻搭著我的肩頭，笑說這次不算數，因爲我所戴的手錶不斷反光，才使她分心，她說這是一場不公平的賽事。

我亦只好笑笑，再沒有強逼她，如果她要認認眞眞賭一局的話，我早已輸掉

6901001pts

贏家

她心裡在嫉妒，他們竟然有足足一吋厚的回憶。

鐵閘給關上後，她坐在他的房間裡，把窗簾拉上，小心翼翼地傾聽屋外傳來升降機離開的聲音。

她知道自己有二十分鐘的時間。

她從左手邊第一個抽屜裡取出鎖匙，打開了另一個長年鎖上的抽屜，裡面全是不可以給家人發現的三級雜誌和錄影帶，但對於她來說，那並不是秘密。她伸手進抽屜的最深處，像職業扒手般留意著，不要翻亂裡面他排列得井井有條的秘密，手指尖觸到了那絨面的硬皮封套後，有點緊張地拿出一本足有一吋厚的日記簿。

日記簿本來沒有一吋那麼厚的，但是因爲每一項都給塡得滿滿，而寫字的人的手勁重，使每一項都變成立體的刻記。而寫字的人，是他舊時的女友。

第一頁是說起他們認識的那一天，她心裡在嫉妒，他們竟然有足足一吋厚的回憶，但仍沈著氣，一邊下定決心，自己要找一本紙質更厚的日記簿，一邊耐心地找尋她心目中的那一頁記錄。她在他們認識三個月後的一頁中，終於找到了兩人第一次的記錄，還是在沙發上進行的。

她釋然地鬆了口氣，畢竟雖然沙發被以前的她佔據了，牀仍是屬於她的領土，時間上更只用了兩個月便追上了他們三個月的經歷，在時間、地點、人物中，她仍是贏家。

159頁答案：4。

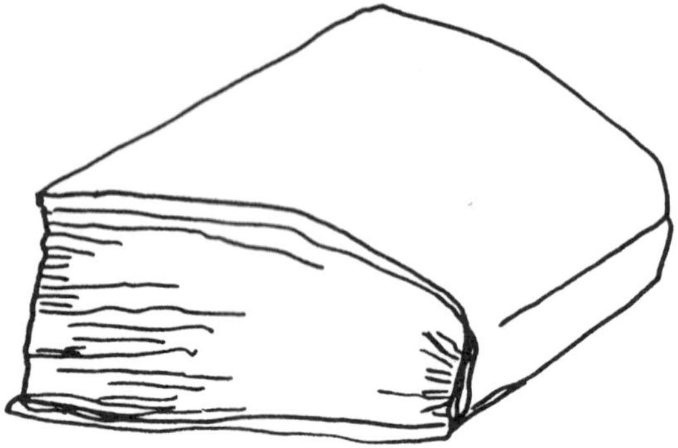

虛假秘密

誰說秘密一定是眞的？

她知道他靜悄悄地進來過。

沒有關掉仍開著的昏黃桌燈和收音機，他先輕輕地在案前的椅子坐下，謹愼地拉開抽屜，要窺看一點秘密。他以爲一切會神不知鬼不覺，但他忘記了他的鼻息一向很重，而她對他那份無形的壓迫感一向很敏感。

她很想坐起身，看看他見到她揭發了他這秘密行動的反應。但她沒有，她閉著眼睛，聽著掀紙的聲音，直至他心滿意足地離開房間，甚至像做錯了事的孩子般膽怯，連給她蓋好被子的勇氣也沒有。

她覺得她是應該憤怒的，但看著他只有在凌晨三時才能放下尊嚴，用偷偷摸摸的方法來了解她，她就只能憐憫地苦笑。他像抓著最後一根草的無助，連她最低限度的隱私——日記，也不放過。她才肯定了他的缺乏安全感，害怕一切外於掌握，害怕一切會遺下他而遠走，而歇斯底里地搜索著任何他不得知的事情，另一方面，卻要在她面前保持著漠不關心的瀟灑和開通。

這並不代表她能接受他那份偵探的本色。眞正的日記簿早已在書櫃內的雜誌中，她想，暫時它是安全的。而他看的那本，是花了她多一點時間來滿足他的作文。

雖然，她知道用筆寫下自己思想是最危險的事，隨時會成爲被別人將來抓著作攻擊的武器。對付和控制這種最可恥的行動的方法，就是要用虛假和捏造的內容來滿足他的求知慾，卻又不留任何有價值的秘密讓他找到。

誰說秘密一定是眞的？最大的秘密，也許就是根本沒有那個秘密。

空車
99.95

我愛上了一位導遊……

不要強迫自己遺忘他，多找一些事情來轉移自己注意力吧。

妳：

有些時候，人很容易把一種「欣賞」的心情膨脹成「喜歡」的感覺，再一個不小心，更膨脹成「愛」的假象。妳的情況正是如此。

我們大家都知道，談吐幽默風趣是旅行社導遊共有的特色。由於每次要面對不同的團員，要使旅遊的氣氛歡樂而不沉悶，這是他們必修的一課。有個經驗豐富的資深導遊告訴我，一個好的導遊是不會分發歌本的，團友長途跋涉去旅行，是想增長見聞和盡情休息，唱歌何不去卡拉ＯＫ？

所以說，如果只因他的幽默風趣和悉心照顧，就讓他在妳心中佔著大角落，而妳竟為他掉了淚，我想妳已喪失了理智。

我希望妳想一想，既然他是個導遊，一個月要帶好幾次團，那代表他會用同樣的方式去對待其他更多更多的團員。也想想，為何他會使妳覺得思念很深，那並非表示他的魅力與日俱增，也不是證明妳的眷戀是一份眞愛，只是妳不自覺地沉醉於一種憂鬱的美麗罷了！

人是很奇怪的，愈是不在身邊、不能如願、難以掌握的，就愈具神秘、不可抗拒的魅力。想清楚這一點，妳或許就不會那麼執迷了。

還有，妳目前的生活圈子是否很單調呢？才會使他幽默風趣，輕易使妳心動？就這樣吧，不要刻意強迫自己遺忘他，多找一些事情來轉移自己的注意力吧。或著，再找個地方去旅行一次，妳可能會發覺每個導遊都那麼相似，那麼的幽默風趣的。

catch

叛逆的天空

很想真真正正擁有自己

梁望峯◎著

- 在熱鬧中感到寂寞，比孤獨中的寂寞更難耐。
- 既然是心事，還是把事放在心上好了。
- 當女友對你諸多挑剔時，她的目的只不過是隨便找一個藉口與你分手而已。
- 社會上總會有人說一些連他們自己都不能做到，卻要命令其他人做到的廢話！
- 孩子要的，其實是父母親的體諒，而不是一面倒的期望。

國家圖書館出版品預行編目資料

寂寞裡逃 / 梁望峰著：. -- 初版. -- 臺北市：大塊文化，1997 [民86]
面：　公分. -- (catch系列：03)

ISBN 957-8468-16-4（平裝）

855　　　　86007307

台北市羅斯福路六段142巷20弄2-3號

廣告回信
台灣北區郵政管理局登記證
北台字第10227號

大塊文化出版股份有限公司　收

請沿虛線撕下後對折裝訂寄回，謝謝！

地址：＿＿市／縣＿＿鄉／鎮／市／區＿＿路／街
＿＿段＿＿巷＿＿弄＿＿號＿＿樓
姓名：

大塊 LOCUS 文化

編號：CA003　書名：寂寞裡逃

大塊文化 LOCUS

讀者回函卡

謝謝您購買這本書，爲了加強對您的服務，請您詳細塡寫本卡各欄，寄回大塊出版(免附回郵)即可不定期收到本公司最新的出版資訊，並享受我們提供的各種優待。

姓名：______________ **身分證字號**：______________

住址：______________________________

聯絡電話：(O)______________ (H)______________

出生日期：______年______月______日

學歷：1.□高中及高中以下 2.□專科與大學 3.□研究所以上

職業：1.□學生 2.□資訊業 3.□工 4.□商 5.□服務業
6.□軍警公教 7.□自由業及專業 8.□其他______

從何處得知本書：1.□逛書店 2.□報紙廣告 3.□雜誌廣告
4.□新聞報導5.□親友介紹 6.□公車廣告 7.□廣播節目
8.□書訊9.□廣告信函 10.□其他__________

您購買過我們那些系列的書：
1.□Touch系列 2.□Mark系列 3.□Smile系列 4.□Catch系列

閱讀嗜好：
1.□財經 2.□企管 3.□心理 4.□勵志 5.□社會人文
6.□自然科學7.□傳記 8.□音樂藝術 9.□文學 10.□保健
11.□漫畫 12.□其他__________

對我們的建議：______________________________

____

____

LOCUS

LOCUS